Liselotte Paulmichl

Von der Hochalm zum Lehrerpult

Die Deutsche Nationalbibliothek verzeichnet diese Publikation in der Deutschen Nationalbibliografie; detaillierte bibliografische Daten sind im Internet über http://dnb.dnb.de abrufbar.

Titelbild: Kilian Schindlbeck
Grafik: Andreas Schretter
Bilder: Heidemarie Sprenger, Veronika Pfefferkorn
Carola Vonier, Katharina Bachlechner, Alfred Pohler
Mag. Reinhold Scharf, Liselotte Paulmichl
Tiroler Heimatblätter

Herstellung und Verlag: BoD - Books on Demand, Norderstedt

ISBN: 978-3-756839957

Geh nicht die glatten Wege,
geh Wege, die noch niemand ging, damit du
Spuren hinterlässt und nicht nur Staub!

Friedrich Wilhelm Nietzsche

Ein Gebirgskessel,
eingerahmt von Bergen ...

saftige Bergwiesen ...

sonst war da nichts!

Jedenfalls nichts, was mich als 14-Jährige wirklich interessiert hätte. Ich habe mich zwar bemüht, mir das nicht anmerken zu lassen. Weil doch meine Eltern so glücklich darüber waren, dass sie trotz der vielen Mitbewerber den Pachtvertrag für die „Krabachalm" bekommen hatten.

Wenn einem 120 Stück Jungvieh, 20 Kühe, etliche Schweine, zehn Ziegen und ein Ziegenbock anvertraut werden, hieß das schon was! Diesen Vertrauensvorschuss verdankten wir unserem Vater, da er sich bei den Bauern im Tal einen erstklassigen Ruf als gewissenhafter Hirte und erfahrener Senner erworben hatte. In den 1960-Jahren, in denen die Verdienstmöglichkeiten im abgeschiedenen Lechtal äußerst beschränkt waren, bedeuteten die Einnahmen aus einem erfolgreichen Almsommer für eine 6-köpfige Familie die wirtschaftliche Absicherung für lange, ertragarme Wintermonate. Aber in einer Zeit, in der Elektrozäune noch unbekannt waren, galt es als eine Mammutaufgabe, 120 Stück Rindvieh im Zaum zu halten.

Da brauchte es erfahrene Hirten, die das Geschehen im Griff hatten. Bei plötzlich auftretenden Gewittern hieß es, auf der Hut zu sein, wenn die Tiere erschraken und in Panik gerieten.

Dann stürmten ganze Gruppen mit erhobenem Schwanz blindlings drauflos. Nicht selten war es nur dem schnellen Reagieren beherzter Hirten zu verdanken, dass die Tiere nicht über steiles Gelände in den Tod stürzten. Wir vier Geschwister, meine ältere Schwester, mein Bruder, meine jüngere Schwester und ich, hingen andächtig an den Lippen des Vaters, wenn er uns darin unterwies, was einen „guten Hirten" ausmacht. Aus dem Mund vom „Tati" die Bestätigung zu erhalten, ein guter Hirte zu sein, war für uns Almkinder die höchste Auszeichnung, die man sich in einem Sommer erwerben konnte. Es war auch mein größter Wunsch, doch er sollte sich, trotz meiner aufrichtigen Bemühungen, nicht erfüllen.

War ich zu ängstlich?

Als ich zum Beispiel einmal beobachtete, wie sich ein Dutzend Kälber von der übrigen Herde entfernte und in steiles Gelände begab, arbeitete ich mich herzklopfend zu ihnen hinauf und schickte mich an, sie hinunterzutreiben. Ein Pfiff von unten gebot mir Einhalt.

Es war der Vater, der mich durch sein Fernglas beobachtet hatte und mir jetzt mit schrillen Pfiffen zu verstehen gab, ich solle sofort zu ihm hinunterkommen. Ich sprang, so schnell ich konnte, immer wieder ausrutschend, die steile Bergwiese hinab und blieb keuchend vor ihm stehen.

Was hatte ich nur falsch gemacht?

Kopfschüttelnd fragte mich der Tati, warum ich die Kälber nicht in Ruhe weiden ließe. Keinen besseren Weideplatz könne er sich für die Tiere vorstellen. Denn da oben fänden sie den wertvollen „Mataun", (Mutterwurz), das Alm-Kraftfutter schlechthin. Bei meinem zaghaften Einwand, ich hätte Angst gehabt, die Tiere könnten abstürzen, streifte mich ein mitleidiger Seitenblick. Er sagte es nicht, aber ich konnte seine Gedanken lesen:

Aus der wird nie ein brauchbarer Hirte!

Meine ältere Schwester Dora hingegen war das genaue Gegenteil! Sie schien instinktiv zu wissen, wo sie wann zu stehen hatte. Sie war imstande, innerhalb einer Woche jedes der 120 Jungtiere dem Bauern zuzuordnen, dem es gehörte.

Ich war fassungslos. Woran sie das denn erkenne, fragte ich sie eines Tages, als wir, ausgestattet mit Regenschirmen und Lodenmänteln, die zusammengetriebene Herde bewachten.

Am „Arsch", antwortete sie lapidar.

Ich starrte sie ungläubig an. Alle diese tropfnassen Hintergestelle sahen für mich haargenau gleich aus.

Mein wenig ausgeprägter Sinn für die Physiognomie von Jungtieren veranlasste meine Eltern, mir eine, ihrer Meinung nach, leichtere Aufgabe zuzuteilen.

In den Wochen, in denen die Mutter allein die Heuernte im Tal einbrachte, da der Vater auf der Alm unabkömmlich war, wurde mir das Hüten der Kuhherde zugeteilt.

Am Morgen trieb ich die 20 Kühe auf den sogenannten „Kuhgehren". Die Geschwister hatten für mich, ob dieser, ihrer Meinung nach kindisch leichten Aufgabe, nur ein mitleidiges Lächeln übrig. Sie warteten aufgeregt, den mit einer Geierfeder geschmückten Filzhut auf dem Kopf, einen Haselnussstecken in der rechten Hand, auf den Einsatzbefehl des Vaters, ihn beim Hüten der Jungtiere zu begleiten.

Während sie sich, ihrer Meinung nach, bereits in den höheren Kreisen einer „Hüterkarriere" bewegten, befand ich mich noch in den bedauernswerten Niederungen einer Kuhbeaufsichtigung .

Was war schließlich schon dabei, auf einer fast ebenen Weidefläche ein paar Kühe zu hüten, fragten sie mich herablassend.

Dass ich beim Überqueren des Baches jedes Mal Angst hatte, eines dieser schwerfälligen Tiere könnte auf den glitschigen Steinen ausrutschen und sich ein Bein brechen, erzählte ich wohlweislich niemandem. Dass es mich eher aufregte als beruhigte, wenn sich die Kühe zum Wiederkäuen hinlegten, behielt ich ebenfalls für mich. Ich konnte beim besten Willen nichts Erbauendes daran finden, den Kühen dabei zuzusehen wie sie, den Schwanz nach lästigen Fliegen schlagend, alles, was sie am Vormittag abgeweidet hatten, noch einmal aus dem Magen holten und stundenlang mit der Zunge zermalmten.

Mit der Zeit entwickelte ich einen natürlichen Abwehrmechanismus gegen die mir auferlegte Langeweile. Ich träumte mich weg!

Am besten gelang mir das, wenn sich Föhnwolken am Mittagshimmel zeigten.

Was ich da alles entdeckte! Drachen, Katzen, Hundepfoten, einäugige Sagengestalten und manchmal sogar menschliche Figuren. Etwas langgezogene zwar, aber die Strukturen waren eindeutig erkennbar. Wie schade, dass diese Formationen, vom Südwind getrieben, so schnell wieder aus meinem Sichtfeld verschwanden! Dann passierte es nicht selten, dass ich aufsprang und sie laut zum Dableiben aufforderte.

Erst das vorwurfsvolle Glotzen einer, in ihrer Mittagsruhe gestörten Kuh, holte mich wieder in mein unfreiwilliges „Hüterleben" zurück.

Wenn es am Himmel nichts Bemerkenswertes zu sehen gab, wandte ich mich den Bergen zu. Zerklüftete Felsen, Löcher, aus denen unerklärlicherweise Rinnsale, beziehungsweise nach Gewittern Sturzbäche herausschossen, beflügelten meine Phantasie. Was spielte sich im Innern dieser Steinriesen ab?

Gab es da vielleicht Lebewesen, von denen wir nichts wussten?

Je mehr ich mich mit den zerklüfteten Felsformationen beschäftigte, desto sicherer war ich mir, dass sie alle irgendwann lebendige waren und durch dramatische Ereignisse zu Stein erstarrt sind.

Geheimnisumwitterter Drachenberg

Vom ersten Augenblick an hat mich die Fanggekarspitze, dieser gezackte Felsenkloß, in seinen Bann gezogen. Schon von weitem! Aber noch viel mehr, je weiter wir mit den Weidetieren Richtung

Stuttgarter Hütte hinaufzogen. Da war er zum Greifen nahe.

„Das ist kein gewöhnlicher Berg", sagte ich im Brustton der Überzeugung zu meinen Geschwistern.

„Ja was soll es denn sonst sein?", spöttelten sie.

„Habt ihr schon einmal einen Berg mit einem aufgerissenen Maul gesehen?"

„Aufgerissenes Maul?"

„Ja, schaut halt hin", rief ich triumphierend. Jetzt hat es das Flugzeug verschluckt!"

Verunsichert starrten die Geschwister zur weit sichtbaren Öffnung der Fanggekarspitze, über die soeben noch ein von uns bestauntes Flugzeug geflogen war. Verschwunden, wie von Geisterhand, von einer Sekunde zur anderen. Die anfängliche Ratlosigkeit meiner Geschwister wich aber bald der einhelligen Meinung, dass das Flugzeug eben abgestürzt sei. So etwas komme vor. Vor allem in den Bergen.

Hatte dieser in die Länge gezogenen Felsengigant nicht das Aussehen eines in Stein erstarrten Drachens? Der, wie es Drachen so an sich haben, vor Jahrtausenden Feuer gespuckt und sich dabei seine Zähne verbrannt hat, sodass diese nur noch als brüchige Stummel zum Himmel ragen?

War er vielleicht gar ein Drachenkönig, der das gesamte Gebiet des Krabachtals beherrscht hat?

Als ich eines Tages die zwei Steine fand, war ich mir ganz sicher, dass ich einem Familiendrama aus dem Reich des „Drachenkönigs" auf der Fährte war.

Zuerst entdeckte ich in unwegsamem Gelände einen steinernen Stöckelschuh.

„Aschenputtel!", durchzuckte es mich.

„Ruckedi-gu,- Blut ist im Schuh?" Aufgewühlt über den seltsamen Fund begann es in mir zu arbeiten. Lag da etwa der Schuh einer Prinzessin, die sich auf der Flucht befand?

Hatte sie sich verbotenerweise in den Drachenprinzen des Rivalen ihres Vaters, dessen Reich auf der anderen Bergseite war, verliebt und wollte zu ihm?

Ist sie heimlich aus dem Schloss ihres Vaters abgehauen? Hat ihr der Drachenkönig daraufhin seinen Leibwächter nachgeschickt, um sie erbarmungslos wieder einzufangen? Ist sie, als sie bemerkte, dass dieser sie bald einholen würde, verzweifelt schneller gerannt und hat dabei einen Schuh verloren?

Ob ihr trotzdem die Flucht geglückt ist?

Ich ging weiter und stieß zirka 50 Meter unterhalb der Fundstelle auf einen weiteren Stein, der mich vollkommen aus der Fassung brachte. Da lag doch tatsächlich eine versteinerte Drachentatze!

Mein Herz jubelte. Das war es! Der Drachenwärter, den man losgeschickt hatte, um die Prinzessin einzufangen, war in ein Loch getreten und hatte sich einen Fuß abgerissen. Selbst wenn er nicht ausgeblutet ist, was bei einem Menschen sicher der Fall wäre, konnte er mit dieser schweren Verletzung die Flüchtende mit Sicherheit nicht mehr einholen.

Jetzt stand meiner Fantasievorstellung, wie wunderbar sich das Leben der Drachenprinzessin nach der geglückten Flucht weiterhin gestaltet hat, nichts mehr im Wege. Glück ohne Ende!

Eine Traumhochzeit mit ihrem Geliebten in einer von Diamanten und Edelsteinen durchsetzten Bergkulisse! Tausende Gefolgstreue ihres königlichen Gemahls, die ihr jeden Wunsch von den Augen ablesen. Ein König, der sie liebte und putzige Drachenkinder, die sie ihm und ihrem Reich in die Wiege legte. Wie im Märchen eben.

... und sie lebten glücklich und zufrieden bis an ihr Lebensende.

Nscho-tschi („Schöner Tag")

Es gab aber auch Zeiten, in denen ich froh war, allein mit den Kühen auf der Weide zu sein. Das waren die Stunden, die es mir ermöglichten, ungestört im geliebten Buch zu schmökern. Ich hatte es von meiner ältesten Schwester, die schon im Berufsleben stand, geschenkt bekommen. Beim Almauftrieb, heimlich im Rucksack versteckt, hatte ich es heraufgetragen und in einem unbeobachteten Augenblick in dem mir zugewiesenen Heulager vergraben. Den spöttischen Bemerkungen meiner Geschwister über diese unnütze Zeitvergeudung, wie das Lesen einer solchen Schwarte (so nannten sie das „Winnetou-Buch" abfällig), konnte ich mir damit ersparen. Es gelang mir allerdings nicht oft, das Buch aus dem Heukissen herauszufischen und unbemerkt vor den Argusaugen meiner Geschwister unter der Strickweste zu verstecken. Trat dieser Glücksfall ein, wartete ich ungeduldig auf den Aufbruch des Vaters und seiner „begnadeten Hirten". Ich schaute ihnen so lange nach, bis sie nur noch als kleine Irrlichter in weiter Entfernung auszunehmen waren. Innerlich jubelnd, trieb ich dann meine Schützlinge eiligst durchs Bachbett aufs Grünland. Dort angekommen, setzte ich mich auf

den großen Stein, der erhaben wie ein Thron mitten auf der Viehweide stand. Beruhigt, von da oben alles bestens im Blick zu haben, ließ ich mich, stilvoll wie eine Königin, auf dem Stein-Thron nieder. Genüsslich holte ich das Winnetou- Buch unter der Strickweste hervor. Wie froh war ich jetzt, allein zu sein! Hatte ich mich doch erst neulich maßlos

über das unvermutete Auftauchen meiner Geschwister geärgert! Mitten in der ergreifenden, nach indianischer Sitte abgehaltenen Hochzeitszeremonie zwischen Winnetous Schwester „Nschotschi" (übersetzt „Schöner Tag") und Old Shatterhand, Winnetous Blutsbruder, haben mir die drei mit ihrem Erscheinen einen Strich durch die Rechnung gemachtAber heute würde mir die Teilnahme am jungen Eheglück der „frisch Vermählten" niemand vermiesen!„Von mir aus könnt ihr mit euren Kälbern da droben selig werden", rief ich gönnerhaft in Richtung Sonnengebirge. Triumphierend öffnete ich das Buch, überblätterte hastig die zuletzt gelesenen Passagen und stürzte mich gierig auf das neue Kapitel.Zwei Stunden Lesegenuss pur! Aber dann geriet ich an die Stelle, an der Banditen „Nscho-tschis" Vater überfielen, um ihm die mitgeführten Gold-Nuggets zu rauben. Beim ungleichen Kampf wurde „Nscho- tschi", seine Tochter, die ihn begleitete, so schwer verletzt, dass sie in den Armen ihres Gatten Old Shatterhand starb. Bei der Beschreibung, wie „Schöner Tag" ihrem Mann einen letzten Blick aus ihren schwarzen Samtaugen schenkte und sterbend die Worte: „Ich liebe dich" flüsterte, brach ich in Tränen aus.Damit war der Absturz aus dem Lesehimmel besiegelt! Wie erstarrt fixierte ich die schicksalhaften Wörter, darauf hoffend, mich verlesen zu haben. Doch meine Hypnose berührte diese gedruckten Monster nicht im Geringsten! Stocksteif und stur blieben sie Buchstabe für Buchstabe bei ihrer Aussage. Nur einige, getroffen von den schweren Tropfen meiner Tränen, erhielten ihre gerechte Strafe! Sie verschwammen zu unförmigen, fetten Druckerschwärze-Klecksen.Langsam fand ich wieder in die Realität zurück. Mein Blick glitt prüfend über die Kühe. Wie immer um die Mittagszeit, saßen sie zufrieden auf ihrem Lagerplatz und frönten dem Genuss des Wiederkäuens.
Bis heute ist es mir unerklärlich, warum ich plötzlich das Gefühl hatte, dass irgendetwas an dieser Idylle nicht stimmte.

„Das bildest du dir alles nur ein, schalt ich mich, was soll denn schon sein?"

Die Appelle an meinen logischen Verstand nützen nichts, das ungute Gefühl in der Magengegend blieb, wo es war. Um mich abzulenken, stieg ich vom Stein herunter und begann die Kühe abzuzählen. Beim ersten Versuch kam ich über die Zahl 19 nicht hinaus. Nicht sonderlich beunruhigt, da ich annahm, mich verzählt zu haben, wiederholte ich die Prozedur. Nachdem ich dreimal um den Weideplatz gelaufen und beim Abzählen immer auf das gleiche Ergebnis gekommen war, wurde mir mulmig zumute. Kuh Nr. 20 fehlte! Den endgültigen Beweis lieferte mir die Stelle, an der ich im frisch niedergedrückten Gras die Umrisse eines massigen Körpers entdeckte. Das war noch vor Kurzem ein Lagerplatz, schoss es mir durch den Kopf. Diese Entdeckung stimmte mich zuversichtlich, dass sich die Ausreißerin irgendwo in der näheren Umgebung aufhalten musste. Ich suchte alles ab, doch vergebens. Keine Spur von ihr! Was, wenn sie abgestürzt war? Womit sollte ich mich dann rechtfertigen? Niemand würde dafür Verständnis haben! Wie Steinlawinen überrollten mich im Geiste die zu erwartenden Vorwürfe. „Typisch, das kann nur dir passieren! Nicht bemerken, dass eine Kuh aufsteht und abhaut! Hast du keine Augen im Kopf?" Was sollte ich dann zu meiner Verteidigung vorbringen? Etwa, dass ich in der Mittagszeit mit Winnetou und Old Shatterhand in der Prärie unterwegs gewesen war?

Die Horrorvorstellung, die Kuh könnte durch meine Unachtsamkeit abgestürzt sein oder sich ein Bein gebrochen haben, (was zur damaligen Zeit für ein Tier das Todesurteil bedeutete), traf mich wie ein Blitz. Ich hastete weiter, den steilen Abhang zum Bach hinunter, mit der panischen Angst im Genick, dort unten auf die tote Kuh zu stoßen. Gottlob war das nicht der Fall.

War sie am Ende im Bachbett ausgerutscht und abgetrieben worden? Obwohl, bei dem niedrigen Wasserstand? Wie ein Geistesblitz zuckte plötzlich ein Hoffnungsschimmer in mir auf! Hatte nicht der Vater davon erzählt, dass ihm vor Jahren einmal eine verwöhnte Kuh „ausgebüchst" war, um im kühlen Schatten des Stalls der Mittagshitze zu entfliehen? Das war es! Meine Kuh ist zum Nachtlager zurückgekehrt, weil es heute so unerträglich heiß ist! Dankbar für diese tröstliche Eingebung beschleunigte ich meine Schritte. Aber je näher ich dem Ziel kam, desto verzagter wurde ich. Was, wenn sie nicht im Stall stand? Schnell stieß ich ein Stoßgebet Richtung Himmel:

„Lieber Gott, lass sie drin sein!"

Im nächsten Augenblick entschuldigte ich mich bei ihm für diese Dreistigkeit. Wie konnte ich es wagen, den Herrgott persönlich mit einer solchen Bitte zu behelligen? Der hatte wahrhaft anderes zu tun! Aber, wo sonst Hilfe holen?

„Heiliger St. Leonhard, du bist doch der Patron der Tiere, hilf mir, die Kuh zu finden!"

Froh darüber, dass mir der zuständige Heilige so schnell eingefallen war, versprach ich, ihm zu Ehren drei Rosenkränze zu beten, falls er mir hilft! Vor der Stalltüre angekommen, überfielen mich aber Zweifel. Ob drei genug sind? Hastig erhöhte ich die Zahl auf fünf. Ein unschlagbares Angebot. Dem würde selbst der „heiligste Heilige" nicht widerstehen können! Von der Wirkung meiner Opferbereitschaft überzeugt, betrat ich voll Zuversicht den Stall.

Er war leer!

Völlig verstört rannte ich wieder hinaus. Jetzt galt es, keine Zeit mehr zu verlieren und so schnell wie möglich zu den unbeaufsichtigten Tieren zurückzukehren.

Nicht, dass dort noch was passierte! Zufällig fiel mein Blick hinüber zur Almhütte. Ich traute meinen Augen nicht.

17

Was war das denn? Stand da nicht eine Kuh?

Wie hypnotisiert starrte ich auf das mir dargebotene Bild. Am Ende eine Fata Morgana? Eine Sinnestäuschung? Selbst der große Winnetou war auf so etwas schon hereingefallen, das hatte ich erst neulich im Buch gelesen! Schritt für Schritt näherte ich mich vorsichtig dem vermeintlichen Trugbild. Doch es verschwand nicht. Im Gegenteil! Dort drüben vor der Almhütte stand wirklich und wahrhaftig die vermisste Kuh! Aus ihrem Maul hing die halb zerkaute Strickweste meines Vaters. Soeben war die Ausreißerin dabei, mit ihrer rauen Zunge einen herabhängenden Ärmel zu bearbeiten. Sie schlug ihren Kopf wie in Ekstase hin und her und rollte verzückt ihre großen Kuhaugen. Ich starrte sie entgeistert an, aber sie schien mich nicht wahrzunehmen. Erst mein lauter Schrei holte sie aus ihrem Sinnestaumel in die Wirklichkeit zurück. Erschrocken über mein lautes Geschrei sprang sie, ohne ihre Beute auszulassen, so schnell los, dass ich Mühe hatte, ihr zu folgen.

Am Morgen hatte ich zwei Schafwollwesten und ein paar Socken gewaschen und auf die Bank vor der Hüttentür zum Trocknen ausgebreitet. Weil es schon vorgekommen war, dass sich Tiere, wahrscheinlich aus Salzmangel, an Kleidungsstücke herangemacht hatten, war ich auf der Hut. Ich trieb die Kühe schnell an der Bank mit den Wäschestücken vorbei und achtete penibel darauf, dass ja keine aus der Gruppe ausscherte oder zurückblieb.

Welch scheinheiliges Luder, dachte ich wütend, mich so hinters Licht zu führen!

Diese Ausreißerin! So zu tun, als ob sie kein Wässerchen trüben könnte! Wie hätte ich denn Verdacht schöpfen sollen, wo sie sich den ganzen Vormittag über so unauffällig verhalten und sich brav, wie alle anderen, zum Wiederkäuen hingesetzt hatte?

Nur, um mich in Sicherheit zu wiegen! Dabei stand ihr perfider Plan, mich im richtigen Moment auzutricksen, bereits fest! Sie hat diese emotionale Viertelstunde, in der ich völlig aufgelöst den Tod von Winnetous Schwester beweinte, schamlos ausgenutzt!

Trotz meiner Wut auf sie bewunderte ich heimlich ihre Schläue. Seit wann können Kühe aus den Gesichtszügen eines Menschen Schlüsse ziehen, fragte ich mich irritiert. Mit bloßem Instinkt, wie man ihn Tieren zuschreibt, war das nicht erklärbar.

Dafür war ein gewisses Maß an Intelligenz notwendig. Beschämt musste ich mir eingestehen, dass ich mit meiner bisherigen Meinung von der „Dummen Kuh" falsch lag. Die Ausreißerin hatte mich eines Besseren belehrt!

Schimpfend lief ich hinter ihr her. Sie war schnell. Ihr „schlechtes Gewissen" (ebenfalls ein Beweis von vorhandener Intelligenz?) und ihre daraus resultierende Furcht vor den zu erwartenden Stockhieben, verliehen dem ungelenken Körper eine Art Geschwindigkeitsschub. Zwar hätte sie in dieser Hinsicht nichts zu befürchten gehabt. Zum einen, weil in meinen Augen Stockhiebe nur gerechtfertigt waren, um Tiere vor einem möglichen Absturz zu schützen. Zum anderen, weil sich meine anfänglichen Rachegefühle wie dahineilende Wolken verflüchtigt hatten.

Beim Überqueren des Baches ereilte die Kuh dann doch noch die gerechte Strafe. Als sie angestrengt versuchte, über einen glitschigen Stein zu springen, fiel ihr die geraubte Schafwollweste aus dem Maul. Sofort wurde diese von einer ungestümen Welle des Gebirgsbaches mitgerissen.

Damit war das Schicksal des von der Mutter in den Wintermonaten so liebevoll gestrickten „Schwetters" besiegelt.

Ich schaute ihm nach.

Wie weit würde er es schaffen?

Bis in den Lech?

In die Donau?

Oder gar bis ins Schwarze Meer?

Ich werde es nie erfahren. Genauso wenig, wie mein Vater je erfahren hat, wo seine geliebte Schafwollweste geblieben ist.

Immer wieder suchte er sämtliche Weideplätze nach ihr ab.

Hatte er sie ausgezogen, irgendwo hingelegt und dann vergessen? Die erfolglose Suche beendete er jedes Mal mit einem verärgerten:

"Ja, Herrschaft Sakra, die kann sich doch nicht in Luft aufglöst hoba!"

Almverpflegung

Endlich war die Mutter vom Tal zurück! Der Rucksack, den sie vom Heimatort Steeg heraufgeschleppt hatte, war so schwer, dass mein Versuch, ihn vom Boden aufzuheben, fehlschlug. Ungläubig starrte ich die Mutter an. Wie war das möglich? Mit einem solchen Gewicht vier Stunden lang aufwärts zu marschieren?

„Wenn er erst einmal auf dem Rücken ist, dann geht`s schon", war das Einzige, was sie dazu sagte. Paula, die Ladenbesitzerin, habe ihr beim „Satteln" geholfen, erklärte sie uns. Erschöpft und durchgeschwitzt setzte sie den Rucksack auf dem Boden ab, schnürte ihn auf und begann mit dem Auspacken. Wir staunten nicht schlecht, was da alles zum Vorschein kam: Nudeln, Reis, „Tirggen" fürs Mus, Erdäpfel, drei „Weggen" Brot, ein Kopfsalat aus dem Garten, einige Birnen, ein paar Kläräpfel von der Nachbarin, zwei Packungen Zucker und ein Säckchen Tabak für den Vater. Es schien kein Ende zu nehmen.

Als sie dann noch, nach dem Abtasten sämtlicher Ausbuchtungen des Leinensackes, vier 2-Schilling-Schokoladetafeln hervorzauberte, erfüllten spitze Freudenschreie die kleine Almhütte. Sie wurden jedoch bald vom Geräusch des Rauschens hastig weggerissenen Stanniolpapiers verschluckt. Jetzt gab es kein Halten mehr! Liebevoll, Rippe für Rippe von den Zähnen angeknabbert, verschmolz die Schokolade im warmen Mund zu einer einzigen Geschmacksexplosion. Wie oft habe ich mich im Erwachsenenalter danach gesehnt, diesen Hochgenuss noch einmal zu erleben! Doch selbst der Verzehr der teuren, exquisiten Schokolade aus der Schweiz, auf die ich so viel Hoffnung gesetzt hatte, war dazu nicht imstande.

Die Mutter war zurückgekehrt - und mit ihr die Leichtigkeit des Sommers! Irgendwie war alles heller!

Die Farben der Blumen leuchtender. Die Kuhglocken bimmelten ebenmäßiger und die Murmeltiere pfiffen weniger schrill. Die Tage vergingen schneller. Wenn die Tiere versorgt waren, und sich bei den Kätzchen nach dem Schlabbern der frisch gemolkenen Milch Schaumkronen um die Schnurrbärtchen gebildet hatten, war der Feierabend eingeläutet. Und der war schön! Die ganze Familie um den Tisch versammelt. In der Mitte die Eisenpfanne mit dem „Tirggenmus".

Sechs Löffel, die in die heiße, herrlich gelbe Masse eintauchten und mit der Spitze am Pfannenboden, nach dem Leckerbissen „Schehra" kratzten. Diese war allerdings nur dann vorhanden, wenn das Mus fachgerecht zubereitet worden war. Eine, im wahrsten Sinne des Wortes brenzlige Angelegenheit! Das Mus, ein Gemisch aus heller Einbrenn, Milch, Salz und eingerieseltem „Tirggen"(Mais), war eine Diva, die nur bei sorgfältigster Behandlung bereit war, sich in ihrer ganzen Geschmacksbreite zu entfalten. Der tägliche Kampf um die richtige Hitzeentwicklung im Holzherd spielte dabei eine wesentliche Rolle.

An einem Tag war die Hitze zu gering, sodass es ewig dauerte, bis man die Masse zum Kochen brachte. An anderen Tagen war sie zu hoch, und nur ein dauerndes Hin und Herschieben der Eisenpfanne von der heißen zur weniger heißen Stelle verhinderte die Tragödie des Anbrennens. Die Masse musste mindestens eine halbe Stunde lang durchgehend kochen und dabei immer gerührt werden.

Nicht selten trafen dabei heiße Spritzer die ungeschützten Hände oder hüpften einem, wenn man zu nahe dran stand, sogar ins Gesicht.

Deshalb erfreute sich die Muskocherei nicht allzu großer Beliebtheit und wurde nach Möglichkeit der Mutter überlassen. Auch durfte nur ein „Muser" aus Holz verwendet werden.

Einen metallenen, mit dem es leichter gewesen wäre, das gefürchtete Anbrennen zu verhindern, duldete der Vater nicht.

„Dann ist das Mus versaut," pflegte er zu sagen.

Weil es nach Eisen rieche, und er dafür eine gute Nase habe.

Ellenbogen an Ellenbogen saßen wir Geschwister da, schwangen unsere Löffel und drohten dem jeweiligen Nachbarn, die ihm zustehende Grenze innerhalb der Musmasse ja nicht zu überschreiten. Es wurde zum täglichen Ritual, obgleich wir wussten, dass für alle genug da sein würde. Satt und glücklich saßen wir dann um die Eisenpfanne herum und genossen das Zusammensein mit unseren zufriedenen Eltern.

Froh über den erfolgreichen „Almtag", ließ sich der Vater, trotz Müdigkeit, manchmal zum Kartenspielen überreden. Vor allem das „Schnipp - Schnapp- Schnorum - Exposidorum"- Spiel hatte es uns angetan. Der Tati hatte es beim Zusammensein mit Holzfällern im Allgäu kennengelernt. Besonders reizvoll fand ich das fremdländisch klingende „Exposidorum". Ich konnte es kaum erwarten, bis mir das Spielerglück hold, und ich mit dem Ausrufen des Wortes an die Reihe war. Genussvoll, Silbe für Silbe

betonend, schmetterte ich das „Exposidorum" triumphierend in die Kartenrunde. Erst ein unsanfter Stoß mit dem Ellenbogen gegen meine Rippen und ein vorwurfsvolles:

„Schrei doch nicht so!", dämpfte meinen Enthusiasmus.

Das Geisterhaus

Dieses Tal hütet ein düsteres Geheimnis. Das spürte ich von dem Moment an, als ich zum ersten Mal vor „Afra Häusl" stand. Nach dem stundenlangen, mühsamen Auftreiben der Kühe auf einem schmalen Waldweg wurde es endlich heller. Das Tal öffnete sich und wir sichteten die ersten Mähder. Sattgrüne Teppiche, die sich, dem steilen Gelände trotzend, bis unter die Felsklippen hinaufgerollt hatten. Vorboten eines paradiesischen Almgebiets?

Doch bevor man dieses betreten durfte, mussten sich Mensch und Tier einem gefährlichen Hindernis stellen. Es galt, den wilden „Krabach", über dem noch ein Lawinenkegel lag, zu überqueren. Mit Zittern und Bangen trieben wir die Tiere, darauf hoffend, dass der Schneeberg nicht unter der schweren Last einbrach, und wir alle miteinander in den tosenden Wildbach stürzten, auf die andere Talseite. Große Erleichterung machte sich breit, nachdem alle unversehrt drüben angekommen waren. Als ob sie ahnten, dass das Ziel nicht mehr weit sein konnte, legten die Kühe ein ungewohntes Tempo vor und stürmten im wahrsten Sinne des Wortes den letzten steilen Hügel hinauf. Es war geschafft! Etwas atemlos holte ich die Tiere ein und folgte ihnen freudig auf dem breiter werdenden Weg, der in sanft angelegten Serpentinen durch duftende Juniwiesen führte. Als ich um eine Kurve bog, stand plötzlich dieses Haus da! So unerwartet wie das erste Donnergrollen bei ungetrübtem Sonnenschein.

Verblüfft blieb ich stehen.

„Das alte Haus von Rocky Docky", schoss es mir durch den Kopf. Wochenlang war dieser Schlager die Nummer Eins der Hitparade gewesen. Wohlige Schauer liefen mir jedes Mal über den Rücken, wenn ich vor dem Radiogerät saß, und Bruce Lows tiefe Stimme das „alte Haus" erbeben ließ. Ungeduldig fieberte ich dem Text entgegen und war erst zufrieden, wenn ich alle Strophen auswendig mitträllern konnte.

Das vertraute Kuhschellengebimmel bewegte sich immer weiter von mir weg. Aber ich war nicht in der Lage, ihm zu folgen. Wie angewurzelt blieb ich vor dem verwitterten Gebäude stehen. Während ich gebannt auf die, bis unters durchlöcherte Steildach reichende Schindelfassade starrte, begann Bruce Los Stimme in mir zu dröhnen:

Das alte Haus von Rocky Docky hat vieles schon erlebt,
kein Wunder, dass es zittert, kein Wunder, dass es bebt!
Das alte Haus von Rocky Docky sah Angst und Pein und Not,
Es wartet jeden Abend aufs neue Morgenrot."

Dieses Haus ist alt und hässlich,
dieses Haus ist kahl und leer,
denn seit mehr als fünfzig Jahren,
da bewohnt es keiner mehr.
Dieses Haus ist halb verfallen
Und es knarrt und stöhnt und weint,
dieses Haus ist noch viel schlimmer als es scheint.

Nur mit Mühe konnte ich mich von diesem Anblick losreißen. Pochenden Herzens stellte ich fest, dass von meinem Vortrupp weit und breit nichts mehr zu sehen war. Ich rannte, so schnell ich konnte, keuchend Serpentine für Serpentine überwindend, den Weg entlang. Erst als das Seitenstechen so heftig wurde, dass ich das Gefühl hatte, nicht mehr durchatmen zu können, blieb ich stehen und blickte nach vorne.

  Was für ein Anblick!

Es war, als hätte jemand die Berge zur Seite gerückt, um einer ausgedehnten, ebenen Fläche Platz zu machen. Ein kleines, blühendes Paradies tat sich auf. Mittendrin unsere Kühe! Mit der Art und Weise, wie sie die Köpfe nach allen Seiten schlenkerten und die Schwänze in die Luft hoben, bekundeten sie eindrucksvoll ihre Begeisterung für dieses üppige, jungfräuliche Almgebiet.

Das Wohnangebot für uns fiel weniger üppig aus. Alles auf kleinstem Raum! Unser Nachtlager bestand aus aneinandergereihten Strohsäcken. Das Feuermachen im Holzherd war eine tägliche Herausforderung. Oft konnten wir die Mutter beim Hantieren am Herd wegen der enormen Rauchentwicklung nur schemenhaft wahrnehmen. Nach regennassen Tagen schwebte eine eigenartige Dunstwolke über unserem Nachtlager. Die nassen Lodenmäntel der Hirten, die auf den Latten über dem Herd zum Trocknen aufgehängt worden waren, verbreiteten einen muffigen Geruch.

Doch das tägliche Zusammenrücken um die Muspfanne und das Aneinanderquetschen auf der schmalen Eckbank, machte alles wieder wett. Da hätten wir mit niemandem getauscht.

Familienglück braucht wenig Mobiliar.

Gruselig

„Mama, das ist aber ein unheimliches Haus, an dem wir da vorbeigekommen sind!"

„Du meinst „Afra Häusl"? Das steht schon viele Jahre leer."

„Warum?"

Die Mutter zuckte mit den Schultern.

„Das ist keine Almhütte im üblichen Sinn. Vor 500 Jahren soll das ein Bauernhof mit dazu gehörender Alpe gewesen sein. Zur damaligen Zeit etwas Besonderes".

„Und, was soll das „Afra" bedeuten?"

„Vielleicht hat einmal eine Bäuerin so geheißen und das Haus ist nach ihr benannt worden, aber das ist nur eine Vermutung von mir. Es müssen auf alle Fälle wohlhabende Leute gewesen sein, aber..!" Die Mutter räusperte sich kurz, bevor sie weiterfuhr. „...Ob das wirklich alles stimmt, was man sich so erzählt, weiß ich nicht. Etwas Wahres wird schon dran sein was mein „Urahle" meinem „Ahle" und die wiederum, deinem „Ahle", so berichtet!"

„Ja, was denn, Mama?"

Sie schluckte ein paar Mal, als ob ihr ein Kloß im Hals steckte. Sie schien sich nicht ganz sicher zu sein, ob sie mir, da sie mein empfindsames Gemüt kannte, diese Geschichte zumuten konnte. Schließlich gab sie meinem hartnäckigen Drängen nach und vertraute mir nach und nach die Überlieferungen ihrer Vorfahren über die geheimnisumwitterte Vergangenheit dieses Hauses an.

Eine junge Sennerin habe im Sommer in aller Heimlichkeit ein Kind bekommen. Wenn das Eheweib des Bauern erfahren hätte, dass ihr Mann der Vater dieses Kindes ist, hätte sie ihn, samt der jungen Mutter, mit Schimpf und Schande vom Hof gejagt. Deshalb habe der Bauer die Magd genötigt, ihm das Neugeborene zu übergeben.

Dann soll er es getötet und irgendwo in der Umgebung des Hofes vergraben haben. Das wurde zwar nie bewiesen, aber ein Hirte habe geschworen, er hätte auf seinen Streifzügen auf der Hochalm eine hochschwangere Sennerin angetroffen. Als er ungefähr eine Woche später wieder oben war, sei die gleiche Sennerin gertenschlank unter der Stalltür gestanden. Mit rechten Dingen könne das auf keinen Fall zugegangen sein! Und dass die Bäuerin die Magd kurz darauf verjagt hat, lässt darauf schließen, dass sie auch etwas mitbekommen hat.

Von diesem Tag an soll es auf dem Hof gespukt haben. Immer um Mitternacht habe man Geräusche gehört, die sich wie Kinderweinen angehört hätten. Besonders deutlich habe man das Wimmern vernommen, wenn das Wetter umschlug und der Wind durch den Kamin brauste. Das habe sich so schaurig angehört, dass sich mit der Zeit alle weigerten, weiterhin in diesem Haus zu leben. Deshalb sei es mit den Jahren immer einsamer um das Anwesen geworden. Ein Hirte, der die Alm gepachtet und alle ausgelacht hatte, die ihn vor der Spukerei warnten, sei mitten im Sommer in die Nervenanstalt Hall eingeliefert worden. Das sich täglich um Mitternacht wiederholende Jammern und Weinen eines kleinen Kindes hätte ihn um den Verstand gebracht.

Mir schauderte, als die Mutter fortfuhr.

„Mein verstorbener Vater, also dein „Ehle", ist ja oft mit dem Vieh bis November im Krabachtal geblieben. Der hat immer gesagt,- und er war bestimmt kein abergläubischer Mensch, dass man, sobald das erste Schneegestöber über das Joch brause, das Krabachtal verlassen müsse. Sonst laufe man Gefahr, dass einem das Schreien eines Kleinkindes im Schneewind um die Ohren braust. Er könne dies beschwören, weil ihm das selbst widerfahren sei. Einmal sei er zu spät dran gewesen.

Der Weg war schon verschneit und als er an „Afra Häusle" vorbeikam, sei ihm das „Bobbeles- Geschrei" so in die Knochen gefahren, dass es ihn den halben Winter lang in seinen Träumen verfolgt habe.

Ich schaute die Mutter an. Jetzt war mir klar, warum mich dieses Gebäude so in seinen Bann gezogen hatte! Von der ersten Minute an hatte ich gespürt, dass etwas Geheimnisvolles auf seinen verwitterten Balken lastet. Jetzt begriff ich auch den Grund der unsagbaren Schwermut, mit der mich die glaslosen Fenster von „Afra Häusl" angestarrt hatten.

Bruce Lows Stimme erdröhnte wieder in mir, dunkler und unheilvoller als je zuvor:

„Dieses Haus hat faule Schindeln, und der Sturm, der macht es krank,
und die alten, morschen Balken, waschen Schnee und Regen blank.
Dieses Haus hat keine Farbe, und der Rost, der nagt und frisst,
bis das ganze Haus ein einz'ger Rostfleck ist.
„Dieses Haus ist voller Stimmen, die kein Sterblicher versteht,
dieses Haus ist voller Seufzer, wenn der Nachtwind es umweht.
Dieses Haus hat viele Türen, doch nicht eine führt hinaus,
denn wer drin ist, der bleibt drin in diesem Haus".

Der wichtigste Tag in deinem Leben ist der,
an dem du geboren wurdest, und der Tag,
an dem du heraus
findest, warum.
Mark Twain

Die Weggabelung

Reinhold, unser kleiner Cousin, war schon drei Wochen vor uns mit seinem Vater ins Krabachtal gezogen. Sein Vater besaß eine eigene Alm, die er selbstständig und unabhängig von der von uns gepachteten Alm bewirtschaftete. Auch in seiner Almhütte hantierte er allein, Gesellschaft leistete ihm sein jüngster Sohn Reinhold, während seine Frau im Tal blieb, um sich um die Feriengäste zu kümmern. Reinhold wolle seinen Tati nicht alleine lassen. Der brauche doch einen guten Hirten, klärte er uns auf. Und weil er der Beste weitum sei, helfe er seinem Vater, der ohne ihn „aufgeschmissen" wäre, betonte er selbstbewusst. Täglich besuchte er uns. In seinen Gummistiefeln stand er vor unserer Hüttentür und wartete auf unsere Aufforderung, hereinzukommen. Als ihm unsere Mutter von ihrer Einkaufstour auch ein 2-Schilling-Schokoladetäfelchen mitbrachte, freute er sich dermaßen, dass er ihr zum Dank einen großen Almrosenstrauß brachte. Damit hatte er ihr Herz endgültig erobert. Sie drückte ihm einen Löffel in die Hand und lud ihn zum „Musessen" ein. Eingekeilt zwischen uns strahlte er übers ganze Gesicht. Endlich wieder in Gesellschaft von Kindern sein! Mitreden, mitessen, mitlachen dürfen, das war es, was ihm gefehlt hatte.

Doch unser Zusammensein hatte ein Ablaufdatum. Die Weidefläche für die große Rinderherde würde bald abgegrast sein. Dann hieß es für unsere Familie, mit Sack und Pack auf die höher gelegene „Furmesgumpalpe" zu ziehen. Das wusste er und deshalb suchte er unsere Nähe, so oft er konnte.

Weil meine Geschwister tagsüber mit unserem Vater zum Hüten unterwegs waren, hielt er sich vorwiegend bei mir auf der Kuhweide auf. Da stand er, der stolze kleine Hirte in seiner Lederhose, mit seinem Hirtenstock und seinem unvergleichlich verschmitzten Lausbubenlächeln! Er redete wie ein Wasserfall. Fragen über Fragen sprudelten aus seinem Mund. Warum ich ein Mädchen sei und er ein Bub? Warum Adler höher fliegen als andere Vögel? Wieso ein Bach überhaupt Bach heiße und eine Kuh ausgerechnet Kuh?

Wenn meine Antwort zögerlich kam, legte er den Kopf etwas schief, stützte ihn mit einer Hand ab und beobachtete mich skeptisch. Seine in Falten gelegte Stirn glättete sich erst wieder, wenn ihm meine Erklärungen logisch erschienen.

„Echt wahr? Wieso weißt du das?"

„Das habe ich in der Schule gelernt."

„Echt wahr?"

„Du kommst ja im Herbst in die Schule, dann lernst du das auch!"

„Echt wahr?"

„Ja und noch viel mehr! Schreiben, lesen und rechnen".

„Rechnen kann ich schon!"

„Du kannst schon rechnen?"

„Ja, Rechnen ist das Wichtigste, hat der Tati gesagt, mit Rechnen kommt man durch die Welt!"

„Was kannst du denn schon rechnen?"

Er fuchtelte wichtigtuerisch mit seinen Armen herum und setzte zur Erklärung an:

„Ich weiß, dass ich mit dem 20-Schilling-Schein, den ich vom Jagdherrn bekommen habe, weil ich ein so guter Hirte bin, zehnmal eine solche Tafel Schokolade kaufen kann, wie mir deine Mama geschenkt hat!"

„Ja, sag einmal, dann kannst ja schon Mal- und In-Rechnen?" Reinhold schaute mich erstaunt an, die Frage schien ihn zu irritieren. Ein paar Kummerfalten zeigten sich auf seiner Stirn. Doch dann pflanzte er sich resolut vor mir auf und machte eine wegwerfende Handbewegung:

„Ich kauf mir eh keine Schokolade!"

„Nein? Warum denn nicht?"

Reinhold schluckte, sichtlich ergriffen von der schwerwiegenden Entscheidung, zu der er sich durchgerungen hatte.

„Ja, weil, da muss ich den Zwanzig-Schilling-Schein auseinanderreißen!"

Ich konnte mir das Lachen nicht verkneifen.

„Du meinst, du müsstest den 20-Schilling-Schein wechseln?" Leicht verärgert über meine Wortklauberei klärte er mich auf.

„Ich lasse den Zwanziger ganz, weil er so besser zum Sparen geht. Und wenn ich viel spare, hat der Tati gesagt, werde ich einmal Milliär!"

„Du wirst was?"

„Milliär!"

„Ach so, du meinst Millionär?"

Sichtlich genervt über meine Besserwisserei knurrte er:

„Ja, halt ein Reicher!"

„Wieso muss ich eigentlich acht Jahre in die Schule gehen? Wenn ich doch schon rechnen kann!"

„Ja, weißt du, da gibt es noch viel zu lernen! Zuerst musst du einmal alle Buchstaben kennen".

„Wie viele?"

„Sechsundzwanzig!"

„So wenige? Die kenn' ich in ein paar Tagen!"

„Na ja, so einfach ist es auch wieder nicht. Die Buchstaben muss man zu Wörtern zusammensetzen können. Und es gibt wahnsinnig viele Wörter! Dann musst du erst noch lernen, welche man groß und welche man klein schreibt. Manche Kinder lernen das nie. Die wissen es beim Ausschulen noch nicht einmal. Das ist aber auch wichtig fürs Leben."

„Warum?"

„Ja, weil, hm?"

Er schaute trotzig zu mir auf.

„Weil was?"

„Ja, wenn man zum Beispiel einen Brief schreibt und viele Fehler macht, wird man verspottet und ausgelacht!"

Da ihn diese Erklärung nicht sonderlich zu beeindrucken schien, wollte ich ihn an einem empfindlicheren Nerv treffen.

„Jetzt überleg einmal", sagte ich belehrend, „du hast doch zu mir gesagt, du willst einmal Bauer werden? Ein viel größerer als dein Tati jetzt ist?"

„Ja, viel größer, mit viel mehr Kühen!"

„Dann brauchst du aber auch einen viel größeren Stall!"

„Den bau ich mir!"

„Siehst du, genau das ist es! Damit du dafür die Bewilligung und eine Subvention bekommst, musst du einen schriftlichen Antrag stellen!"

„Subvention, was ist das?"

„Das ist ein Zuschuss vom Staat. Damit man sich beim Zurückzahlen für das Geld, das man von der Sparkasse geliehen hat, leichter tut. Geschenktes Geld sozusagen. Das kriegt man aber nur für größere Bauvorhaben. Jetzt stell dir einmal vor, du würdest in dem Ansuchen das Wort „Stall" klein schreiben!

Dann meinen die Beamten, du willst einen ganz kleinen Stall bauen."

„Einen Hasenstall?"

„Zum Beispiel. Und dafür gibt es bestimmt kein Geld!" Jetzt war Reinholds Interesse geweckt. Er durchlöcherte mich förmlich mit Fragen, was man denn nun groß und was man klein schreiben muss. Wie sollte ich ihm das erklären?

„Also", begann ich „groß schreibt man alles, was man anschauen kann. Zähl mir einmal auf, was du alles siehst!"

„Ich sehe die Hitte!"(Hütte). Reinhold versuchte sich in Hochdeutsch.

„Richtig!"

„Ich sehe den Berg, ich sehe das Gras, ich sehe den Zaun!"

„Richtig" „Ich sehe den Wasserfall, ich sehe die Wolke, ich sehe die Fanggekarspitze!"

„Richtig!"

Über jedes „Richtig" freute er sich wie ein Schneekönig. Plötzlich unterbrach der schrille Pfiff einer besorgten Murmeltiermutter, die uns entdeckt hatte, seinen Wortschwall. Er stieß mich an, zeigte auf sie hin und rief:

„Ich sehe die „Huramenten!" *(Murmeltiere)*

„Richtig!"

Nachdem die kleinen Murmeltiere, die unbesorgt vor unseren Augen herumgebalgt hatten, endlich den Pfiffen ihrer Mutter gehorchten und in der sicheren Erdhöhle verschwanden, sah mich Reinhold von der Seite spitzbübisch an und grinste übers ganze Gesicht:

„Jetzt hab ich dich aber", meinte er triumphierend.

„Hmh, wieso?"

Er stellte sich breitbeinig vor mich hin und stemmte die Arme in die Hüften.

„Weil" sprach er mit dem Brustton der Überzeugung, „wenn die Huramenten im Loch sind, und du siehst sie nicht mehr, und du hörst sie nicht mehr, dann schreibt man sie klein!"

Ich war baff. Minutenlang starrte ich auf das leere Murmeltierloch. Dann auf Reinhold. Der schenkte mir allerdings keine Beachtung mehr. Wozu auch? Seine Wissbegierde war fürs Erste gestillt. Aber nur fürs Erste, das spürte ich. Das Feuer in ihm war entfacht, wenn es im Moment auch nur ein kleines Flämmchen war. Und ich hatte das zuwege gebracht! Diese Erkenntnis löste in mir ein nie dagewesenes Glücksgefühl aus.

Ein jeder Wunsch, wenn er erfüllt, kriegt augenblicklich Junge.
Wilhelm Busch

War ich vielleicht dafür bestimmt? In Kindern die Lust am Lernen zu wecken? Mir stockte der Atem. Der Gedanke war gleichermaßen verwegen wie beglückend.

Ein Bild stieg in mir auf. Zuerst zaghaft, wie der erste scheue Sonnenstrahl, der sich durch den Schleier des Morgennebels drängt.

Dann rückte es immer näher, wuchs und stand schließlich vor meinem geistigen Auge wie ein frisch gemaltes Ölgemälde, das man soeben aus dem Atelier geholt hat.

Das Bild zeigte mich, wie ich, an einem Lehrerpult lehnend, vor einer Schulklasse stehe und den Kindern etwas zu erklären versuche. Dabei ruht mein Blick nicht nur auf den braven, andächtig lauschenden Mädchen, sondern genauso wohlwollend auf den Lausbuben in den hinteren Bankreihen, denen der Schalk aus den Augen blitzt.

Es war wie eine Offenbarung, die mich mit jeder Faser meines Herzens erfasste. Auch wenn keine Stimme von oben kam (wie das in der Bibel oft beschrieben wird), wusste ich in diesem Moment, dass ich soeben den Auftrag erhalten hatte, Lehrerin zu werden.

In dir muss brennen, was du in anderen entzünden willst.
Aurelius Augustinus

Überwältigt vom Glücksgefühl, das sich bis in die Fingerspitzen ausgebreitet hatte, legte ich mich ins Gras und betrachtete das Schauspiel, das mir der Sommerhimmel bot.

Verträumte Schleierwolken zogen wie an Seidenfäden gelenkte Marionetten über den Himmel. Nach und nach entpuppten sie sich als Mädchen mit Zöpfen mit Schulranzen auf dem Rücken. Im Eiltempo schwebten sie dahin, als ob sie Angst hätten, zu spät in die Schule zu kommen. Kaum waren sie meinem Blickfeld entschwunden, tauchte eine, für eine Föhnwolke ungewöhnlich dicke Formation auf, aus der ein paar raufende Buben hervorquollen. Auch die schienen es eilig zu haben, mir nichts dir nichts, waren sie hinter dem Berg verschwunden!

Dann war der Himmel auf einmal leer. Blau und leer! So sehr ich auch hinaufstarrte, von da oben kam keine Botschaft mehr. Auch das monoton laufende Tonband im Hintergrund:

„Ich sehe die Geiß, ich sehe den Bock, ich sehe ein Kalb, ich sehe, ich sehe.", war verstummt.

Ich fühlte mich plötzlich allein. Und traurig! Soeben entschwebte mein, bis vor einer Minute noch so realistisch scheinender Lebenstraum! War nur noch eine Seifenblase, die ein letztes Mal glänzend und zitternd ins Sonnenlicht tauchte, bevor sie endgültig am Horizont platzte.

„In welches Hirngespinst hast du dich da nur hineingesteigert?", rügte ich mich.

„Wie willst du als Schülerin einer Oberstufen-Volksschule aus dem hintersten Lechtal in eine Lehrerbildungsanstalt kommen? Ohne Hauptschule, ohne Gymnasium?" Ich biss, wiederum auf eine Eingebung hoffend, in den Grashalm. Da tauchte plötzlich der Satz „Wie soll das geschehen?" wie eine Sprechblase in mir auf. Eine Botschaft für mich? Ich stand auf, formte die Hände zu einem Trichter und schrie in die Wolken hinauf:

„Wie soll das geschehen?"

Dann setzte ich mich hin, schloss die Augen und wartete. Wann würde die Sprechblase mit der Lösung auf meine Frage auftauchen? Angespannt saß ich da und zwang mich dazu, die Augen geschlossen zu halten, um eine etwaige Botschaft ja nicht zu versäumen. Doch nichts geschah. Nach zirka einer Viertelstunde gab ich auf. Enttäuscht ins Sonnenlicht zwinkernd, fiel mir plötzlich ein, wann ich diesen Satz zum ersten Mal gehört hatte.

Es war in der Stunde, als der Herr Pfarrer davon erzählte, wie der Erzengel Gabriel Maria die Botschaft überbrachte, dass sie ein Kind gebären wird.

Und dass Maria dann die Frage stellte:

„Wie soll das geschehen, da ich keinen Mann erkenne?"
Jetzt erinnerte ich mich wieder genau daran, dass ich darüber nachgedacht habe, was der Engel wohl damit gemeint haben könnte.

Ich überlegte, ob ich mich getrauen soll, den Pfarrer danach zu fragen. Schließlich siegte meine Neugierde. Ich nahm meinen ganzen Mut zusammen, zeigte auf und fragte:

„Bitte, Herr Pfarrer, was bedeutet: „Da ich keinen Mann erkenne?"
In der Klasse wurde es mucksmäuschenstill. Einige schauten mich entsetzt an. Der Herr Pfarrer mochte es nämlich nicht, wenn man unter seinem Vortrag aufzeigte.

„Was ist denn?", fragte er etwas unwirsch. Für einen kurzen Moment lang befürchtete ich schon, es könnte ihn der „Heilige Zorn" überfallen. Den bekam er manchmal, besonders, wenn die Buben nicht aufpassten oder ihnen gar ein Papierflieger auskam, der bis vor die Tafel segelte. Dann war es schon passiert, dass der Pfarrer in seinem „Heiligen Zorn", wie er es nannte, den Anführer über die Schulbank legte und mit dem Haselnussstock auf das Lederhosen-Hinterteil schlug, bis der Staub aufstieg.

Doch wegen meiner Frage wurde der Herr Pfarrer gar nicht böse. Er schaute mich nur so eigenartig an. Dann schweifte sein Blick prüfend über die Klasse. Minutenlang stellten wir uns die bange Frage, was das wohl zu bedeuten hätte. Zu unserer Überraschung ordnete er lediglich an, alle Mädchen der siebten und achten Schulstufe sollen die Hand erheben. Der Pfarrer zählte die eilig in die Höhe gestreckten Arme laut ab und befahl:

„Ihr zehn kommt heute Nachmittag in den Widum. Euch muss ich etwas ganz Wichtiges sagen. Aber die Buben dürfen nicht mitkommen, die haben da nichts verloren!"

Als ich der Mutter erklärte, dass wir Mädchen der siebten und achten Schulstufe am Nachmittag ins Pfarrhaus kommen müssen, schaute sie mich auch so eigenartig an, fast wie der Pfarrer. Dann sagte sie:

"Ja, freilich, du bist ja schon in dem Alter!"

Ich fragte nicht weiter nach, was mit meinem Alter los sei, weil ich spürte, dass sie nicht mehr darüber sagen wollte.

Es schien sich um etwas Mysteriöses zu handeln.

Pünktlich um 14 Uhr saßen wir zehn Mädchen in den bereitgestellten Stühlen im Wohnzimmer des Pfarrers. Gebannt starrten wir auf seine Lippen. Er tat sehr geheimnisvoll.

Dann erzählte er uns etwas von Bienen und Hummeln und Blumen, die diese bestäuben. Von Stempeln und Blüten, und dass es bei uns Mädchen später auch so sei, bevor wir Kinder bekommen. Ich verstand überhaupt nichts, wollte es aber nicht sagen, damit der Pfarrer nicht meinte, ich sei dumm.

Ich schaute zu meinen Klassenkameradinnen hinüber. Ob die mehr mitbekommen hatten als ich? Brav und gehorsam ließen wir den Vortrag über uns ergehen. Hochwürden schaute sehr angestrengt drein. Er schien ziemlich erschöpft. Schließlich eröffnete er uns, dass wir jetzt aufgeklärt seien und gehen könnten. Ziemlich ratlos machten wir uns auf den Heimweg. Keine von uns konnte sich einen Reim darauf machen, was die Bienen, Hummeln und Stempeln mit uns und unserem späteren Kinderkriegen zu tun haben könnten.

„Ach was, das geht ganz anders,“ rief auf einmal Monika, die Aufgeweckteste von uns. „Ich hab`s doch im Doktorbuch gesehen. Da sind überhaupt keine Bienen und Hummeln dabei, wenn sie das machen!“

„Was denn machen?“, riefen wir wie aus einem Mund.

„Ja, halt der Mann und die Frau! Wenn sie in Kind wollen.

"Sie hielt kurz inne und zog die Augenbrauen hoch.

„Oder doch keins wollen!“

Jetzt verstand ich gar nichts mehr.

„Oder doch keins wollen?“

Da nahm mich Monika zur Seite und flüsterte mir ins Ohr:

„Du brauchst es den anderen nicht verraten, aber ich leih` dir einmal das Doktorbuch! Da steht alles drin, sogar mit Zeichnungen. Du kriegst es, wenn ich den Schlüssel vom Kasten finde. Die Mama hat das Doktobuch letzte Woche da hinein versteckt, weil sie meinen Bruder und mich beim „Striehlen“ *(heimlich darin lesen)* erwischt hat“.

Der Abschied

Der Sommer war vorüber. Wir zogen hinunter ins Tal. In mir war bloße Freude. Nur, als ich ein letztes Mal unter der

„Fanggerkarspitze“ vorbeizog und mich fragte, ob es für mich eventuell der letzte Sommer im Krabachtal gewesen sei, kam doch ein bisschen Wehmut auf.

Ich war vierzehn. Was hatte das Leben mit mir vor?

Die Aufnahmeprüfung

Das achte Schuljahr neigte sich dem Ende zu. Die Berufsberaterin, die in die Schule gekommen war, prüfte den Bogen, den sie ausgeteilt hatte, sehr genau. Wir mussten angeben, wofür wir uns interessieren. Nachdem sie beim Lehrer nachgefragt hatte, welches Abschlusszeugnis ich zu erwarten hätte, nickte sie wohlwollend und sagte, sie würde mir den Besuch einer „Höheren Schule" empfehlen. Der Lehrer versicherte ihr, er werde darüber mit meinen Eltern reden. Allerdings befürchte er, dass es an den Kosten für die Unterbringung in einem Internat, die in meinem Fall unumgänglich wäre, scheitern werde. Aber er melde mich auf alle Fälle für eine Aufnahmeprüfung in ein „Oberstufen-Realgymnasium" an. Ein paar Wochen später gab der Lehrer meiner Freundin Roswitha und mir das Datum für unsere Aufnahmeprüfungen in Innsbruck bekannt. Roswitha, die besonders talentiert und geschickt im Handarbeiten war, wollte Lehrerin für Handarbeit und Hauswirtschaft werden. Ein neu gegründeter Berufszweig, der genau auf sie zugeschnitten schien. Unser Lehrer hatte für uns eine Schlafgelegenheit in der Jugendherberge in Innsbruck organisiert. Es wäre mit den damaligen Verkehrsverbindungen unmöglich gewesen, die Strecke von unserem Heimatort bis nach Innsbruck und zurück an einem Tag zu schaffen
  Wir zwei auf eigene Faust nach Innsbruck reisen? Da werde nicht viel dabei sein, meinten unsere Eltern. Sie waren zwar selbst noch nie in der Landeshauptstadt gewesen, aber in der Marktgemeinde Reutte, da seien sie schon gewesen. Und so viel anders werde es in Innsbruck auch nicht sein, ein paar Häuser mehr halt! Wir könnten uns ja durchfragen, schließlich rede man in Tirol überall Deutsch.

Aufgeregt machten wir uns auf den Weg. Ein kleines Köfferchen in der linken, den Postbusfahrplan, in dem die Abfahrtszeiten aller Haltestellen im Lechtal angegeben waren, in der rechten Hand.

Da wir ja erst in Reutte aussteigen sollten, und dies gleichzeitig die letzte Haltestelle war, hätten wir den eigentlich nicht gebraucht. Roswitha hatte aber darauf bestanden, weil sich das für Reisende so gehört, hat sie gesagt. Der Bus zuckelte brav durch jede einzelne Ortschaft. Je weiter wir das Tal hinunterfuhren, desto größer wurde das „Aha-Erlebnis", wenn wir die in der Schule auswendig gelernten Ortsnamen auf den Schildern am Dorfanfang entdeckten. „Hoffentlich finden wir den richtigen Zug", rief ich laut, als das Ortsschild von Reutte auftauchte. „Es steht nur ein Zug am Bahnhof, und der fährt nach Innsbruck", beruhigte uns der nette Buschauffeur, der unsere Aufregung mitbekommen hatte.

Wir bedankten uns für die Auskunft, stiegen aus und betraten das Bahnhofsgebäude. Der Mann am Schalter, bei dem wir die Karten kauften, erklärte, der Zug nach Innsbruck fahre erst in zwei Stunden ein. Sollten wir die Zeit nützen, uns Reutte anzusehen? Nein, lieber nicht!

Am Ende kam der Zug früher und fuhr, wenn niemand am Bahnhof stand, auch früher ab! Wir setzten uns auf die Bank im Bahnhofsgelände. Zum ersten Mal in unserem Leben sahen wir Geleise. Was mussten das für gescheite Leute sein, die so etwas erfunden hatten! Wir diskutierten darüber, ließen dabei aber die sich träge bewegenden Zeiger der Bahnhofsuhr nicht aus den Augen. Zwei Stunden Wartezeit? Es waren gefühlte fünf, bis endlich das Fauchen und Zischen einer Lokomotive an unser Ohr drang!

Und jetzt wurde er Wirklichkeit, der Traum von einer Zugfahrt! Wir setzten uns vis-a-vis an einen Fensterplatz und erfreuten uns an der herrlichen Juni-Landschaft, die da an uns vorüberglitt.

Plötzlich, ein ohrenbetäubendes Rattern, Krachen und dann -
stockdunkle Nacht!

Wir schrien beide auf. War das unser Ende? Sollte unsere erste Zugfahrt gleichzeitig unsere letzte sein? Am Ende gar eine
Höllenfahrt? Ich überlegte fieberhaft, was ich denn Sündhaftes
begangen haben könnte, um auf diese schreckliche Weise in der
Hölle zu landen. Nach einem furchterregenden Schlenkern der
Lokomotive war ich davon überzeugt, dass wir jetzt direkt aufs
Höllentor zurasen. Ich rechnete mit allem, nur nicht damit, dass
es im Zugabteil auf einmal wieder hell wurde. Neben mir tauchte Roswithas kreidebleiches Gesicht auf. Sie starrte mich an, als
ob ich ein Gespenst wäre. Nur langsam entspannten sich ihre
Gesichtszüge und sie tastete nach meiner Hand. Ich drückte sie
ganz fest. Dann fingen wir beinahe gleichzeitig zu lachen an. Es
war wie ein Befreiungsschlag! Wir drückten das Zugfenster nach
unten, streckten die Köpfe hinaus und ließen uns den Fahrtwind
um die Ohren sausen. Es war nicht zu fassen, was wir da sahen!
Wir fuhren ja mitten durch die Felsen. Und mit Karacho in den
nächsten rabenschwarzen Felsentunnel! Doch diesmal verspür-
ten wir bei der Dunkelheit keine Todesangst, sondern das Gegenteil: Abenteuerlust machte sich breit!

„Das ist schon ein schneidiger Bursche gewesen, unser Kaiser
Maximilian, dass der sich getraut hat, in diesen Felsen herumzu-
klettern", hörten wir nach dem Verlassen des Felsenlochs eine
Männerstimme sagen. „Schneidig? Und warum hat ihn dann ein
Engel aus dem Felsen holen müssen, weil er sich nicht mehr vor-
und zurückgetraut hat, dein schneidiger Maximilian?", keifte eine
Frauenstimme.

Roswitha und ich erstarrten in Ehrfurcht. „Dann sind wir ja durch
die Martinswand gefahren", riefen wir beinahe gleichzeitig aus.
„Richtig, das ist die Martinswand", hörten wir von hinten die
Männerstimme sagen, „wo unser guter Kaiser Maximilian..!"

„Jetzt hör mir bloß mit deinem guten Kaiser Maximilian auf! So gut war der auch wieder nicht", maulte die Frauenstimme. „Ich bin jedenfalls froh, dass man mit diesen Kaisern abgefahren ist, haben auch nur das Volk ausgebeutet!" Der Mann erwiderte nichts.

Wir waren geschockt. „Hat uns der Lehrer nicht erklärt, dass eine Majestätsbeleidigung streng bestraft wird?", flüsterte mir Roswitha zu. „Ja, schon", flüsterte ich zurück, „aber, ob das immer noch gilt, weiß ich nicht, weil wir ja keine Kaiser mehr haben."

Innsbruck

Es war nicht zu fassen. So viel Straßen! So breite Straßen! Geschäfte an jeder Ecke. Und so viele schöne Kleider in den Auslagen! Wie staunten wir über die modisch gekleideten Menschen, die links und rechts an uns vorüberhasteten. Und niemand in einem Dirndl, nur wir zwei! Ich seufzte und dachte mit Wehmut daran, mit welcher Vorfreude ich das Dirndl zu Hause angezogen hatte. Und wie deplatziert ich mir damit jetzt in dieser Prachtstraße vorkam! Auch sah ich niemanden mit Zöpfen. Nur ich war

mit diesen dicken Monsterzöpfen, die beinahe bis in die Kniekehlen hinunter baumelten, unterwegs. Roswitha hatte immerhin schon einen modernen Haarschnitt, einen sogenannten „Bubikopf". Kein Wunder, dass ich mir mit meinen lästig schlenkernden Zöpfen spöttische Blicke einheimste! Wie inbrünstig hatte ich die Mutter angefleht, mir die Zöpfe abschneiden zu dürfen. Aber nein, da war nichts zu machen! Ich solle froh sein, eine solche Haarpracht zu haben, hat sie gesagt.

Und überhaupt, was sei denn das für eine komische Anschauung, dass jetzt Mädchen auf einmal wie Buben aussehen müssen? An und für sich hatte meine Mutter oft erstaunlich moderne Ansichten, aber beim Thema Kurzhaarschnitt stieß man bei ihr auf taube Ohren.

„Grüß Gott!"

„Grüß Gott!"

„Grüß Gott!"

Wir grüßten alle Menschen, die die Maria-Theresienstraße entlanghasteten. Mehr als ein kurzes, erstauntes Hochziehen der Augenbrauen ernteten wir dafür nicht.

„Grüß Gott, bitte, wo geht`s hier zur Jugendherberge?"

„In welcher Straße soll denn die sein?"

Achselzucken unsererseits.

„Ja, wenn ihr nicht einmal die Straße wisst, kann man euch nicht helfen!"

Trotz der unhöflichen Abfuhr grüßten wir unverdrossen weiter. Jeden, aber auch wirklich jeden, bedachten wir mit einem herzlichen

„Grüß Gott!"

Die Sonne stach vom Himmel, in den Straßen wurde es unerträglich heiß. Die Kehle brannte. Irgendwann bekamen wir dann doch die erwünschte Auskunft.

„Dieser Straße entlang bis zur Kreuzung, dann links, dann rechts, dann wieder links und nochmals rechts! Die Schuhsohlen brannten.

„Grüß Gott, Grüß Gott, Grüß Gott!"

„Jetzt verleidet es mir aber", maulte Roswitha auf einmal. „Ich grüße nicht mehr. Mir tut schon mein Kiefer weh. Und keiner grüßt zurück. Die können mich gernhaben!" Durstig, hungrig und müde fanden wir uns am späten Nachmittag in der Jugendherberge ein.

Allen Widrigkeiten zum Trotz hatten wir das Gebäude gefunden. Wir waren sehr stolz. Allerdings, vom „städtischen Abendessen" waren wir enttäuscht. Vom Frühstück auch. Erste Zweifel am, „in der Stadt ist alles besser als auf dem Land," schlichen sich ein. Voller Selbstvertrauen starteten wir in den nächsten Tag. Mit unseren „Stadterfahrungen" vom Vortag konnte es doch kein Problem sein, das Gymnasium in der Fallmerayerstraße zu finden. War es aber! Wir kamen zu spät, weil wir ein paar Mal in eine falsche Straße eingebogen waren.

Aber man war sehr nett mit uns. Eine Lehrperson hatte uns in dem riesigen Gang entdeckt und in das Klassenzimmer geführt, in dem die Prüfungen stattfanden. Wir bekamen verschiedene Bögen mit Fragen, die wir ausfüllen mussten. Roswitha wurden zudem Materialien bereitgestellt, mit denen sie ihre handwerklichen Fähigkeiten beweisen sollte. Das schaffte sie mit Leichtigkeit. Im Nu hatte sie aus einem Drahtstück einen Katzenkörper geformt. So echt, dass ich schon Bedenken hatte, die Katze könnte mich gleich anhüpfen.

Dann war die Zeit um, wir mussten die Prüfungsunterlagen abgeben. Vom Bauchgefühl her sei es ganz gut gegangen, versicherten wir uns gegenseitig. Aber ob wir uns auf unser „Land-Bauchgefühl" verlassen konnten?

Drei Wochen später verkündete uns der Lehrer das Prüfungsergebnis. Wir hatten beide bestanden. Die Freude war groß. Der Lehrer lobte uns vor allen Schülern und sagte, das komme davon, dass man in seiner Schule so viel lerne.

Ein paar Tage später teilte uns derselbe Lehrer mit schmerzvoller Miene mit, dass seine Bemühungen, uns in einem Mädchenheim in Innsbruck unterzubringen, fehlgeschlagen seien. Man habe ihm mitgeteilt, dass es keine freien Plätze mehr gäbe.

Ich lief nach Hause. Der Kloß in meinem Hals drückte schwerer als die Schultasche auf dem Rücken. Ich brachte beim Mittagessen keinen Bissen hinunter.

Dann lief ich in die Schlafkammer, warf mich aufs Bett und weinte. Den ganzen Nachmittag über schluchzte ich ins Kopfkissen. Irgendwann muss ich eingeschlafen sein.

Im Traum zogen Föhnwolken mit herauspurzelnden Lausbuben und Mädchen mit Schultaschen auf dem Rücken, über mich hinweg. Auf der letzten Wolke, die erschien, saß Reinhold mit traurigem Gesicht und winkte mir wie zum Abschied zu. Ich wachte mit tränennassem Gesicht auf. Das war`s also! Mein Lebenstraum entschwebte, wie die sommerlichen Föhnwolken hinter die Berge des Krabachtals.

In deiner Brust sind deines Schicksals Sterne
Friedrich Schiller

Es dauerte ein paar Tage, bis ich mich mit der Tatsache abgefunden hatte, dass ich mich in einen unerfüllbaren Wunsch verrannt hatte.

Doch eine andere Perspektive tat sich auf. Eine, die es mir ermöglichte, einem neuerlichen Almaufenthalt zu entkommen, ohne dabei vor der Familie das Gesicht zu verlieren.

Im Gegenteil, ich sollte im Plan meiner Eltern, wiederum die „Krabachtalalm" zu übernehmen, diesmal sogar eine bedeutende Rolle spielen. Da meine Schwester Dora, die beste Stütze des Vaters für den Almbetrieb, im Winter eine Jahresstelle als Zimmermädchen in Garmisch-Partenkirchen angenommen hatte und diese nicht verlieren wollte, sollte ich sie während der Sommerferien dort vertreten. Nachdem die Mutter im Lebensmittelgeschäft das Telefon benutzen durfte und sich mit der Leitung des „Josefheims" in Verbindung gesetzt hatte, nahm der Tauschhandel „Zimmermädchen gegen Almhirtin" Fahrt auf.

Grenzerfahrungen

Ich konnte es immer noch nicht fassen. Da saß ich doch tatsächlich im Zug nach Garmisch-Partenkirchen.Das Köfferchen hatte ich auf die Ablage über meinem Fahrsitz gehoben. So, wie ich es mir von den anderen Fahrgästen abgeschaut hatte. Aber meine Handtasche, nein, die kam mir da nicht hinauf! Mit dem linken Daumen fasste ich immer wieder unter die „Umhängeriemen", um mich zu vergewissern, dass die Tasche auch wirklich an meinem Körper hing. Unruhig tastete ich sie immer wieder mit den Fingern ab. Wo war er? Um Gottes Willen, ich werde ihn doch nicht verloren haben? Lächerlich, wie du dich aufführst, schalt ich mich. Wenn die Tasche da ist, muss ER auch da sein. Ich hatte ja seit der Abfahrt die Handtasche nie geöffnet, also konnte er auch nicht herausgefallen sein. Da, eindeutig, da war er! Entzückt fuhr ich mit meinen Fingern über das rechteckige Format, das sich unter der Lederschicht ertasten konnte. Der Pass! Er war mein ganzer Stolz, seitdem ich ihn zum ersten Mal in der Hand gehalten hatte. Keine meiner Altersgenossinnen hatte einen Pass, nur ich! Wie hatte ich die ungläubigen Blicke meiner Freundinnen genossen, als ich ihn vorzeigte. Da konnten sie ihre Augenbrauen noch so skeptisch hochziehen, das Foto im Innern wies mich eindeutig als Besitzerin dieses wertvollen Dokuments aus.

„Mir hat man den Pass nur machen lassen, weil ich im Sommer ins Ausland muss, sonst hätte ich auch keinen bekommen", sagte ich beschwichtigend. Ich wollte dem offen zur Schau getragene Neid meiner Mitschülerinnen nicht noch mehr Nahrung geben.

Ob großes oder kleines Amt,
gehorsam sind wir allesamt:
Die Mienen ernst, die Scheitel licht,
tun wir laut Vorschrift unsre Pflicht
Josef Weinheber

Vereitelter Karriereschub

„Passkontrolle! Ausweise und Fahrkarten herzeigen!" Ein groß-
gewachsener junger Mann in einer schmucken Uniform zog die
Schiebetüre meines Abteils auf. Die Leute begannen hastig ihre
Fahrkarten aus Jacken und Taschen zu nesteln und sie dem Kon-
trolleur zu übergeben. Dieser prüfte jede einzelne Karte ganz
genau. Bei manchen zögerte er, bevor er mit einem pistolenähnli-
chen Gegenstand die Fahrausweise mit lautem Klick entwertete.
Dann gab er sie mit einem huldvollen Lächeln den leicht ver-
schreckten Zugreisenden zurück. Und schon stand er neben mir!

„Na, junges Fräulein, haben wir (wieso wir?) auch eine Fahrkarte?"
„Jawohl, hab ich!"
Ich streckte sie ihm, vermutlich eine Spur zu selbstsicher, hin.
Das schien ihm nicht zu gefallen. Er machte nämlich keine
Anstalten, mit seinem komischen Pistolending ein Loch in die
Karte zu schießen, wie er es bei allen anderen getan hatte. Nach-
denklich starrte er die längste Zeit auf die Vorderseite der Karte,
drehte sie um und begutachtete ebenso intensiv die Hinterseite.
Ich spürte, wie es heiß in mir aufstieg. War etwa meine Fahrkarte
nicht in Ordnung? Hatte man mir am Ende eine ungültige ausge-
stellt? Es musste doch einen Grund haben, wieso der Beamte sie
weder entwertete, noch zurückgab!

„Wohin will denn die junge Dame?", fragte er stattdessen.

„Nach Garmisch", antwortete ich stolz.

„Aha, nach Garmisch, soso! Dann zeig` mir einmal deinen Pass! Dem gnädigen Fräulein (wie geschwollen redet der denn?) wird hoffentlich nicht entgangen sein, dass man so etwas braucht, wenn man Staatsgrenzen passiert?"

Der scharfe Ton in seiner Stimme irritierte mich. Was störte ihn an mir? Ich hatte ihm doch nichts getan! Triumphierend übergab ich ihm meinen nagelneuen Pass. An dem würde er nichts aussetzen können! Der roch sogar noch druckfrisch und die teuren Stempelmarken waren echt, da konnte er noch sooft mit seinen Fingern drüberfahren!

Mindestens zehnmal blätterte er die paar Seiten durch. Der scharfe Blick, mit dem er mich betrachtete, wenn er mich mit dem Passfoto verglich, entging mir nicht.

„Und was macht das junge Fräulein in Garmisch, so ganz allein?"

Ich ärgerte mich über den unterschwellig spöttischen Ton, mit dem er das „ganz allein?" aussprach.

„Ich arbeite in Garmisch als Zimmermädchen!"

„So, so, als Zimmermädchen? Dann kannst du mir bestimmt deine Arbeitsbewilligung vorweisen!"

Mir stockte der Atem.

„Eine Arbeitsbewilligung? Nein, davon weiß ich nichts. Einen Pass für den Grenzübertritt müsse ich mir machen lassen, hat es geheißen, von einer Arbeitsbewilligung hat mir niemand etwas gesagt", antwortete ich verunsichert.

„Aha, da schau einer an! Hab` ich`s doch gleich gewusst, dass mit der etwas nicht stimmt", sagte er so laut, dass sich alle Fahrgäste zu mir umdrehten. Dann ging er, ohne mir den Pass oder die Fahrkarte zurückzugeben, aus dem Abteil hinaus.

Nach etwa zehn Minuten kam er wieder zu mir her und befahl mir, meinen Koffer von der Ablage zu nehmen und ihm zu folgen.

Ich wusste nicht, wie mir geschah, erst recht nicht, als er mich anbrüllte, dass ich bei der nächsten Haltestelle den Zug verlassen müsse. Vollkommen verdattert folgte ich ihm in den engen Gang hinaus. Der heftige Ruck, der plötzlich durch den Zug ging, schleuderte mich samt meinem Köfferchen auf die andere Seite. Ich rappelte mich hoch. Der Zug wurde langsamer. Ein markerschütterndes Quietschen, dann stand er.

„Aussteigen, mein Fräulein!" zischte es an mein Ohr. Ich drehte mich erschrocken um. Der Zöllner stand dicht hinter mir und deutete mit dem rechten Arm auf die geöffnete Zugtür.

„Avanti, avanti, oder meinst du, der Zug bleibt wegen dir ewig stehen?"

„Aber, aber, das ist doch Griesen, und nicht Garmisch?"

„Richtig, und da steigst du jetzt aus! Und zwar ein bisschen dalli!"

Es kam mir alles so unwirklich vor, als ich, den Zöllner im Genick, die Handtasche krampfhaft an mich gepresst, das Köfferchen nachschleifend, über die Klapptrittstufen des Zuges stieg.

„Du wartest jetzt hier, bis die Ermittlungen über dich abgeschlossen sind und ich dich wieder abhole, verstanden?", schnauzte mich der Uniformierte an und verschwand hinter der Tür des Bahnhofgebäudes. Jetzt stand ich ganz allein da, kein Fahrgast außer mir war ausgestiegen und auch sonst war weit und breit kein Mensch zu sehen. Die plötzlich einsetzenden schrillen Töne einer Trillerpfeife fuhren mir durch Mark und Bein. Der Zug wird doch nicht? Ohne mich? Das Rattern auf den Geleisen belehrte mich eines Besseren. Der Zug setzte sich in Bewegung. Völlig außer mir gestikulierte ich zum Lokführer hinüber, den ich im vorderen Bereich der Lokomotive gesichtet hatte.

Doch der war offensichtlich so in sein Armaturenbrett vertieft, dass er mir keine Beachtung schenkte.

Auch die Menschen an den Fenstern zuckten nur bedauernd mit den Achseln, als sie in ihren Waggons langsam an mir vorüberglitten.

Aber das konnte doch, das durfte doch nicht wahr sein! Der Zug nahm Fahrt auf. Wie ein keuchender Lindwurm, der soeben ein unverdauliches Subjekt ausgespuckt hat und deshalb in Verzug geraten war, versuchte er, Tempo gutzumachen. Prustend und keuchend jagte er über die Geleise, schlenkerte ein paar Mal mit seinem feuerroten Schwanz, bevor er aus meinem Sichtfeld im nahegelegenen Wald verschwand.

Völlig geschockt und mutterseelenallein stand ich nun auf dem Bahnhofsgelände und starrte wie hypnotisiert auf die Tür des Gebäudes, in das der Zöllner verschwunden war. Warten soll ich, bis er wiederkommt, hatte er mich angeschnauzt. Ich schaute auf die Uhr und wartete. Eine halbe Stunde verging, eine Stunde, aber nichts rührte sich. Was, wenn der Beamte sich einen dummen Scherz erlaubt und das Gebäude auf der Hinterseite verlassen hat? Mich jetzt gar durch ein Fernglas beobachtet und sich königlich über meine Hilflosigkeit freut? Solche Menschen soll es geben. Das hat mir meine älteste Schwester verraten. Und die muss es wissen, weil sie schon im Berufsleben steht und schon allerhand eigenartige Menschen kennen gelernt hat.
Plötzlich wurde die Tür des Bahnhofhäuschens aufgerissen und der Zöllner kam geradewegs auf mich zu.

„So, mein Fräulein, jetzt gehen wir zum Chef und da wird Klartext geredet. Der findet schon die Wahrheit heraus. Von wegen Arbeiten! Dass ich nicht lache. Von zu Hause abgehauen ist das Früchtchen! Für so was habe ich ein Auge. Bist nicht die erste Ausreißerin, der ich auf die Schliche komme!"
Ich war völlig perplex und starrte ihn fassungslos an.

„Ausgerissen", hämmerte es in meinem Kopf. Die Ungeheuerlichkeit der Anschuldigungen lähmte meine Stimmbänder.

Als ich den Mund öffnete, um mich zu verteidigen, drangen zu meinem Entsetzen nur ein paar unartikulierte Krächzer aus der Kehle. Strammen Schrittes bewegte sich der Uniformierte auf das Zollgebäude zu. Mit zitternden Knien folgte ich ihm. Er klopfte an eine Tür.

„Nur herein, Herr Kollege, jetzt lass einmal sehen, welches Vögelchen dir da ins Nest geflattert ist!"

Ein etwas älterer Herr mit Bauchansatz saß an einem Schreibtisch vor seiner Schreibmaschine. Als wir eintraten, forderte er mich auf, näher zu kommen. Er schob seine Brille zurecht und musterte mich mit argwöhnischem Blick.

„Aha, du bist also abgehauen!"

„Nein!", würgte ich hervor. So sehr mich seine Anschuldigung entsetzte, so froh war ich darüber, meine Stimme wieder zu vernehmen.

„Schauen wir mal, was deine Eltern dazu sagen. Wie kann ich sie erreichen?"

„Das geht nicht, die sind auf der Alm!"

„Aha, und in dem Koffer schmuggelst du Butter, oder was?", ätzte der Zöllner hinter mir. Mir schossen vor Wut die Tränen in die Augen.

„Auf der Alm gibt es doch kein Telefon!", wandte ich mich mit tränenerstickter Stimme an den Älteren. Bildete ich es mir nur ein, oder war da etwas wie Mitleid in seinem Blick?

„Dann fragen wir eben bei deinem angeblichen Arbeitgeber nach, der wird wohl eine Telefonnummer haben?"

„Wo willst du denn in Garmisch arbeiten?"

„Im Josefsheim!"

„Das werden wir gleich haben".

Er holte ein Telefonbuch aus der Schreibtischschublade und schlug es auf. Das Alphabet murmelnd, überflog er die Seiten. Ab dem Buchstaben „J" wurde er lauter und zitierte, zunehmend ungeduldig, alle Namen, die ihm dabei unterkamen.

Dienstbeflissen eilte der Zollbeamte an seine Seite und stimmte lautstark in die Litanei artige Wiedergabe der mit „J" beginnenden Familiennamen aller angeführten Garmischer Bürger ein.

Mit einem lauten Klopfen auf seine Schenkel und einem triumphierenden

„Es gibt gar kein Josefsheim in Garmisch, ich hab´s doch gleich gewusst, dass die lügt", klatschte er das Telefonbuch zu.

Ich war starr vor Schreck.

„Mein Gott, wenn ich doch bei meinen Eltern im Krabachtal geblieben wäre!", hämmerte es in meinen Kopf. Während ich verzweifelt die Hand vor den Mund hielt, weil ich befürchtete, gleich erbrechen zu müssen, schoss mir plötzlich ein Gedanke durch den Kopf. War auf dem letzten Brief an meine Schwester, den ich für meine Mutter aufgeben musste, nicht Erholungsheim St. Josef gestanden? Genau!

„Könnten Sie bitte unter Erholungsheim St. Josef nachsehen", wandte ich mich zaghaft an den älteren Herrn. Der schaute zuerst etwas unwillig unter seiner Brille hervor, schlug aber dann erneut das Telefonbuch auf und begann laut mit der Suche:

„Er, Erh, Erho.."

„Da haben wir`s ja!", rief er wenig später aus.

Er zog den Telefonapparat näher zu sich heran und wählte die gefundene Nummer. Gleich darauf vernahm ich eine vorwurfsvolle Frauenstimme:

„Mein Gott, bei euch ist sie also? Das Mädchen sollte doch schon vor zwei Stunden in Garmisch ankommen! Wir haben vergebens auf dem Bahnhof auf sie gewartet, wie wir es ihrer Mutter versprochen haben. Wir dachten schon, sie sei in einen falschen Zug eingestiegen. Dabei habt ihr sie herausgeholt, jetzt ist mir alles klar. So etwas könnt ihr doch nicht machen!"

Der Bahnhofsvorstand sprach beruhigend auf die Frau ein und versicherte ihr, dass man den nächsten Zug, der allerdings ein

Schnellzug sei und normalerweise nicht in Griesen stehen bleibt, für mich anhalten werde. Er entschuldige sich vielmals für seinen übereifrigen Bediensteten, dem er gehörig die Leviten lesen werde. Nachdem er den Telefonhörer aufgelegt hatte, befahl er dem Jüngeren mit scharfer Stimme, sofort alles in die Wege zu leiten, damit der Schnellzug in Griesen anhält.

Ich war so glücklich über diese erfreuliche Wendung des Schicksals, dass ich nicht einmal imstande war, Schadenfreude zu empfinden. Irgendwie tat mir der Zöllner fast schon wieder leid, als er mit gesenktem Blick an mir vorüberhastete. Die Enttäuschung darüber, dass aus dem ersehnten Karrieresprung wegen seines guten Gespürs für jugendliche Ausreißer nichts werden würde, stand ihm ins Gesicht geschrieben.

Der ältere Mann betrachtete mich mit wohlwollend väterlichem Blick. Dann zog er zu meiner großen Überraschung eine 5-DM-Münze aus seiner Geldbörse heraus und überreichte sie mir. Ungläubig starrte ich darauf und überschlug schnell im Kopf, wie viel das in unserer österreichischen Währung ausmacht.

„Das sind ja 35 Schilling", stellte ich, überwältigt vor Freude fest.

„Als Entschädigung für deinen Schrecken. Kannst einmal in Garmisch ins Kino gehen. Aber pass auf dich und auf glaub den Männern nicht zu viel! Dir sieht man nämlich von Weitem an, dass du von denen noch keine Ahnung hast und jetzt geh, der Zug fährt gleich ein!"

Damit ließ er mich stehen. Doch seine Worte hallten unerwartet lange nach. Tauchten blitzartig wie mahnende Zeigefinger auf, wenn ich drauf und dran war, genau das zu tun, wovor er mich gewarnt hatte.

Der andere Sommer

In der Erholungsstätte für pensionierte Ordensleute waren alle nett zu mir. Sowohl die Ordensschwestern, die das Josefsheim leiteten, als auch das angestammte Personal. Unter Anleitung einer erfahrenen Reinigungsfrau lernte ich Betten machen, Waschbecken auf Hochglanz bringen und das Ungetüm eines Staubsaugers zielsicher durch die langen Gänge zu manövrieren. Frau Waltraud zeigte viel Geduld mit mir. Sie war eine sehr ruhige, besonnene Frau. Nie kam ihr ein böses Wort aus, meine anfängliche Unbeholfenheit quittierte sie mit nachsichtigem Lächeln. Die überschwängliche Art einer 14-Jährigen, die pausenlos drauflosquasselt und wegen jeder Fliege an der Wand kichert, schien sie nicht zu stören. Im Gegenteil. Einmal ertappte ich sie dabei, wie sie mich nach einem meiner Lachanfälle von der Seite betrachtete und leise vor sich hinseufzte:

„So jung müsste man noch einmal sein!"

Ich genoss meinen Status als „Greenhorn" inmitten einer nachsichtigen Erwachsenenwelt, fühlte mich angenommen, was meinen Ehrgeiz, ihren Erwartungen zu entsprechen, anspornte. Jeden Tag versuchte ich die Bettlaken noch straffer zu ziehen, um die darauf gesetzten, in exaktem Winkel geformten Federbett-Konstruktionen möglichst eindrucksvoll zur Geltung zu bringen. Manchmal kamen Gäste ins Zimmer zurück, weil sie etwas vergessen hatten. Meistens entschuldigten sie sich für die Störung, schauten kurz beim Bettenbauen zu, bevor sie mir, was nicht selten vorkam, vor dem Hinausgehen eine Münze in die Schürzentasche steckten. Darüber freute ich mich immer sehr. Meine gute Erfahrung mit Gästen wurden nur durch eine pensionierte Lehrerin, die täglich bei mir auftauchte, während ich ihr Zimmer in Ordnung brachte, getrübt. Geflissentlich wies sie mich daraufhin, dass ich ihrer Meinung nach viel zu langsam arbeite, was sich für die Betriebskosten des Erholungsheims sicher ungünstig auswirke. Bei Gelegenheit werde sie die Betriebsleitung darauf aufmerksam machen. Dabei musterte sie mich abschätzend von oben bis unten. Auffallend lange verharrte ihr Blick auf meiner Frisur. Nervös tasteten meine Hände den Haarknoten auf meinem Kopf ab. Was es mich täglich für eine Mühe kostete, diese überdimensionale Haarfülle zu einem Knoten zu schlingen und mit unzähligen Haarnadeln zu befestigen! Hatte er sich gelockert? Sah er unordentlich aus? Warum starrte sie nur so entgeistert darauf hin?

Im nächsten Moment schubste sie mich vom Waschbecken, das ich gerade putzen wollte, weg. Ich solle ihr gefälligst Platz machen, herrschte sie mich an. Sie müsse sich kämmen und benötige den Spiegel. Erschrocken trat ich hinter sie zurück.

Sie nahm den Kamm zur Hand und lächelte ihr Spiegelbild an. Plötzlich bat sie mich unerwartet freundlich, ich solle, da sie sich selbst von hinten nicht sehen könne, ihre Frisur am Hinterkopf kontrollieren. Ob ich Lücken sähe und, wenn ja, ob ich diese auftoupieren könne? Ich trat näher. Frisur? Lücken? Wo?

Ein paar flaumartige weiße Härchen umkränzten die rosa leuchtende Kopfhaut. Sonst war da nichts! Nein, an der Frisur sei ganz und gar nichts auszusetzen, betonte ich treuherzig. Ich könne auch keine Lücken finden. Toupieren sei nicht notwendig, beteuerte ich ihr. Umso überraschter war ich, als sie mit einem Fuß aufstampfte und zornig das Zimmer verließ. Hatte ich etwas Falsches gesagt?

Am Nachmittag wurde ich zur Schwester Oberin beordert. O, je, dachte ich, jetzt wird sie mir mitteilen, dass ich wegen meiner Langsamkeit eine unrentable Arbeitskraft bin.

Ich solle mich setzen, sagte die Schwester Oberin streng. Sie müsse mir leider sagen, dass sie von mir enttäuscht sei. Ich hätte einen so guten Eindruck auf sie gemacht.

Bis heute! Was ich mir nur dabei gedacht hätte, einen jahrelangen Stammgast dermaßen zu brüskieren, fragte mich die Schwester Oberin erzürnt. Ich war perplex. Brüskiert? Wen? Hinter ihrem Rücken hätte ich sie frech ausgelacht, eine ehrwürdige, pensionierte Beamtin, fuhr die Oberin fort. So etwas würde ich nie tun, beteuerte ich mit Tränen erstickter Stimme. Nicht in diesem Haus, wo ich so gerne bin!

„Sie hat es aber im Spiegel gesehen, dass du über sie gelacht hast". Jetzt dämmerte es mir! Als ich den Hinterkopf der Beamtin inspiziert hatte, muss ich wohl in mich hineingelacht haben, nicht ahnend, dass ich im Spiegel beobachtet wurde.

„Entschuldigung, aber da war wirklich keine Frisur, nur rosa Haut und ein paar Härchen. Hätte ich ihr das sagen sollen?"

Die Schwester Oberin hatte sichtliche Mühe, das Lächeln, das für kurze Zeit ihre Lippen umspielt hatte, wieder dahin zu schicken, wo es hergekommen war.

Emmi

„Was wirst du machen, wenn deine Schwester im Herbst wiederkommt und du hier überflüssig bist?", fragte mich eines Tages Emmi, während sie mir beim Lenken des Staubsauger-Ungetüms zu Hilfe kam. Ich schaute sie erschrocken an. Der Gedanke war mir auch schon öfters gekommen, doch ich hatte ihn in die hinterste Ecke verbannt. Ich wollte nicht daran denken, nicht jetzt, mitten im Sommer!

Emmi war siebzehn Jahre alt, groß, blond und hübsch. Am auffälligsten an ihr waren ihre endlos langen Beine. Sie wohnte ein paar Kilometer vom Erholungsheim entfernt und kam täglich, meist mit dem Fahrrad, zur Arbeit.

„Also für mich ist das hier auf die Dauer nichts, ich vergeude doch nicht meine Jugendzeit, um alten Schrullen hinterher zu räumen", schimpfte sie. „Und du solltest dir dafür auch zu schade sein!"

Missmutig zog sie das Kabel des Staubsaugers aus der Steckdose und rollte es ein. Zu zweit beförderten wir das schwere Vehikel die Kellerstufen bis zur Abstellkammer hinunter. Kaum waren wir dort angelangt, schaute Emmi kurz nach oben und flüsterte: „Jetzt hören die mich nicht mehr, jetzt kann ich singen!".

Sie stellte sich kerzengerade vor mich hin, atmete tief durch und strich sich theatralisch eine verirrte Locke aus der Stirn. Dann zauberte sie, indem sie an einem imaginären Kabel zerrte, ein imaginäres Mikrofon herbei und umschloss dieses mit der rechten Hand. Nachdem sie mit dem Zeigefinger ein paar Mal darauf geklopft und das von ihr erwartete Geräusch offensichtlich gehört hatte, entspannten sich ihre Gesichtszüge. Sie nickte zufrieden. Die Technik schien zu funktionieren. Jetzt hielt sie nichts mehr.

„Liebeskummer lohnt sich nicht, my Darling, schade um die Tränen in der Nacht, der Liebeskummer lohnt sich nicht, mey Darling, weil schon morgen dein Herz darüber lacht", trällerte sie voller Inbrunst in das imaginäre Mikrofon. Dabei sah sie mich so aufmunternd an, dass ich mir wunderbar getröstet vorkam, obwohl ich Liebeskummer nur vom Hörensagen kannte.

Verblüfft starrte ich sie an. War das wirklich Emmi, das Zimmermädchen? Sie kam mir wie verwandelt vor.

„Ich werde Schlagersängerin", erklärte sie mir. „Ich will so berühmt werden wie Sim Malkwist. Von der ist dieser Schlager. Oder noch besser, wie Conny Froboess! Die gefällt mir am besten. Sag bloß, du kennst Conny Frobes nicht?"

Als ich verneinte, führte sie das imaginäre Mikrofon noch näher an ihre Lippen heran und begann zu singen.

Von einer Lady Sunshine und einem Mister Moon, die von Natur aus leider nicht zusammenkommen können. Das anschließende Lied, das von zwei kleinen Italienern handelte, die verloren an einem Bahnhof stehen und sehnsüchtig den Zügen nachstarren, die nach Neapel abfahren, brachte mich vollkommen aus der Fassung. Das Mitleid, das mich überkam, als sie inbrünstig deren Sehnsucht nach Napoli und ihren zurückgelassenen Frauen, Tina und Marina besang, trieb mir die Tränen in die Augen.

„Das ist auch von Conny Froboess", sagte Emmi, während ich mir verlegen die Tränen abwischte.

„Ist die nicht gut, die Conny?", fragte sie mich, wohl um mich von meiner Rührseligkeit wegen der bedauernswerten kleinen Italiener abzulenken.

„Ja, die ist gut, aber du auch", antwortete ich voll ehrlicher Bewunderung. Emmi verneigte sich huldvoll. Zuerst vor mir, dann den Kopf nach allen Seiten senkend, vor einem anscheinend zahlreich erschienenen Publikum. Im nächsten Augenblick starrte sie erschrocken auf ihre Armbanduhr.

„Jetztmüssenwirabernachobengehen,sonstsuchendieunsnoch!" Während wir die Stiegen hinauf hasteten, vertraute sie mir ihr großes Geheimnis an. Sie habe heimlich bei einem Talentwettbewerb für Schlagersänger mitgemacht und glatt gewonnen.

„Von wie vielen?", wagte ich zu fragen. Sie zögerte ein bisschen.

„Gut, diesmal waren wir nur zu fünft. Aber in München beim großen Finale, da werden es Hunderte sein. Und wer da gewinnt, der wird ein Star! Deshalb muss ich üben, üben, üben! Wenn ich siege, bekomme ich ein Ticket nach Amerika und mache Karriere. Und dann, Staubsauger, - ade!" Ich war tief beeindruckt.

„Hoffentlich wird ihr Traum wahr", dachte ich bei mir. Ich würde es ihr von Herzen gönnen.

„Man wird mich anrufen, wenn ich zum Finale ausgewählt bin, hat mir der Mann von der Musikbranche versprochen. Er halte mich für ein großes Talent, hat er gesagt, und er werde mich vorschlagen. Jetzt warte ich schon einen Monat auf einen Anruf. Ich musste die Telefonnummer des Heims angeben, weil ich ja sonst nicht erreichbar bin!"

Sie schaute mich von der Seite an, dann flüsterte sie mir ins Ohr:

„Meinst du, die Schwestern verheimlichen mir etwa den Anruf, weil sie Schlagersingen für verwerflich halten?"

„Das dürfen sie doch nicht, nein, das glaub ich nicht", flüsterte ich zurück.

Das Schicksal mischt die Karten, und wir spielen.
Arthur Schopenhauer

„Ja, wo steckst du denn? Ins Büro, schnell, ein Telefonanruf," hörten wir jemanden unwillig rufen, als wir auf der obersten Treppenstufe angekommen waren. Emmi hechtete wie elektrisiert los. Den Gang entlang, Richtung Büro, dritte Türe rechts.

„Gott sei Dank, jetzt wird ihr Traum Wirklichkeit", jubelte ich innerlich.

„Doch nicht du! Die Lotte soll kommen!", hörte ich im nächsten Augenblick eine Frauenstimme rufen. Es war Schwester Edeltraud, die vor der Bürotür stand und Emmi den Weg versperrte, während sie wild fuchtelnd auf sie einredete. Emmi blieb erschrocken stehen, drehte sich um und deutete in meine Richtung. Die Schwester winkte mir ungeduldig zu.

„Schneller, schneller, was meinst du, was so ein Anruf aus dem Ausland kostet", hörte ich sie noch sagen, während ich meine Schritte wie hypnotisiert ins Büro lenkte.

61

„Hallo, ja, jetzt ist sie da", rief die Schwester Oberin in den Telefonhörer, bevor sie ihn mir in die Hand drückte. Zuerst knackste es ein bisschen, doch dann drang eine Männerstimme an mein Ohr.

„Grüße dich, hier spricht Onkel Paul. Deine Mama war gestern bei mir, bevor sie wieder ins Krabachtal musste. Sie hat mich gebeten, dich anzurufen und dich zu fragen, ob du noch immer auf ein Gymnasium gehen möchtest."

„Aber das geht nicht, es gibt doch keine freien Heimplätze!"

„Deswegen rufe ich ja an. Meine Frau, du weißt, die ist für unser Geschäft unterwegs, hat erfahren, dass in der Klosterschule Zams im Sommer das Internat renoviert und erweitert wurde. Daher können sie ein paar Plätze mehr anbieten. Ich habe mich im Namen deiner Eltern bei der Direktion erkundigt, ob du unterkommen könntest. Weil du den Aufnahmetest fürs Gymnasium bestanden hast, wäre das von ihrer Seite aus okay. Allerdings müsstest du dich heute noch entscheiden.Sie wollen mit den Reservierungen abschließen."

„Ja, ja, ja!", schrie ich so laut ins Telefon, dass die Schwester Oberin neben mir zusammenzuckte und missmutig den Kopf schüttelte.

„Aber eines muss dir klar sein, in dieser Klosterschule geht es sehr streng zu. Es wird schwer für dich werden. Von der Volksschule in ein Oberstufen-Gymnasium! Aber es ist eine Chance, die du nie wieder bekommst."

„Onkel Paul, ja, ich will, ich will, ich will!".
In einem Taumel aus Überraschung und Glückseligkeit starrte ich den Telefonhörer an. Wie in Trance legte ich auf. Meine kleine Welt war soeben im Begriff, sich mit rasender Geschwindigkeit um ihre eigene Achse zu drehen und meine Lebensperspektiven in völlig neue Bahnen zu lenken! Mein Puls raste.

In der Tür stand Emmi. Mit gesenktem Kopf. Eines Traumes beraubt. Bei ihrem Anblick bekam ich ein schlechtes Gewissen. Warum so viel Glück für mich? Warum so wenig für Emmi?

Ein gedeuteter Traum gleicht einem gelesenen Brief.
Erich Fromm

Dann träumte ich zum ersten Mal diesen Traum, der mir während meiner gesamten Studienzeit zum treuen Weggefährten werden sollte. Er erschien mir in unterschiedlichen Abständen, aber immer im gleichen Format. Kam in der Nacht, wenn die Klosterschwestern schon schliefen und ihn nicht aufhalten konnten.
Wenn ich verzweifelt war und ans Aufgeben dachte, war er zur Stelle.
Strich mir sanft über die Stirn und durchbrach wie das Licht einer Taschenlampe die Melancholie meiner Gedanken. Sein Erscheinen bedeutete für mich jedes Mal die unmissverständliche Botschaft zum „Durchbeißen".

Der Traum

Mit einem Grashalm zwischen den Zähnen sitze ich auf einer Blumenwiese. Am Himmel tauchen Föhnwolken auf und schweben leichtfüßig auf mich zu. Tellerförmige Gebilde, auf denen ich Buben und Mädchen entdecke, die mit Schultaschen auf dem Rücken, barfuß, sich gegenseitig neckend und zur Eile antreibend, an der Wolke entlanglaufen. Bevor sie am äußersten Ende angelangt sind, und ich schon befürchte, dass sie in den Abgrund stürzen, ist das Himmelsgebilde samt den Schulkindern hinter den Bergen verschwunden. Kaum habe ich mich von diesem Anblick erholt, schwebt eine Riesenwolke auf mich zu und bleibt direkt über mir stehen. Ganz deutlich erblicke ich darauf einen Buben, der mir mit einem langen Hirtenstock zuwinkt. Er neigt den Kopf zu mir herab. Und da erkenne ich ihn. Es ist Reinhold. Er lächelt mich mit seinem unverkennbaren Spitzbubenlächeln an und fragt, den Kopf leicht schräg gestellt:
„Schreibt ma dös iatz groaß oder kloan?"

Ich bin dankbar für die Steine,
die mir in den Weg gelegt wurden, ohne sie
wäre ich über meine Stärken gestolpert
unbekannter Autor

„Und führe sie nicht in Versuchung! Diese jungen Menschen, um die wir einen Schutzwall errichtet haben! Gegen all diese Verblendungen, die außerhalb der Klostermauern auf sie lauern. Wegen der bösen Buben, die sie vom Pfad ihrer Tugendhaftigkeit abbringen wollen.

„In jedem Mann steckt ein Raubtier, wehe dem Mädchen, das es weckt!". Später werden sie es verstehen, dass alles nur zu ihrem Besten war! Das Klostergebäude nur am Sonntag für zwei Stunden in Gruppen verlassen zu dürfen, nur zu Weihnachten und zu Ostern nach Hause zu kommen, außer am Elternsprechtag möglichst keinen Besuch zu empfangen und die Studierzeiten genauestens einzuhalten. Gott hilf uns, dass wir diese uns anvertrauten Mädchen vor allem abschirmen, was sie von ihrem Ziel, die Matura zu erreichen und gute Lehrerinnen zu werden, ablenkt. Dafür leben wir, dafür beten wir!"

Ich vermute, dass mich die Klosterfrauen in ihr Gebet eingeschlossen haben. Jedenfalls ist mein Traum, Kinder unterrichten zu dürfen, wahr geworden. Ein Beruf, der mich erfüllt hat.

Mit jeder Faser meines Herzens.

*Wähle einen Beruf aus, den du liebst,
und du brauchst keinen Tag im
Leben mehr zu arbeiten.*
Konfuzius

Lust auf mehr?

Ich bin Anna
Historischer Roman, 2019

Die Autorin wählte für ihren historischen Roman ein außergewöhnliches Format: In Form von fiktiven Tagebucheintragungen wird das Leben der Anna Hofer, geb. Ladurner, geschildert. Das aus wohlhabendem Hause stammende Mädchen Anna verliebt sich auf den ersten Blick in den schönen Andreas Hofer und wird, trotz anfänglicher Bedenken ihrer Familie, seine Frau.

Wer die Lebensgeschichte des Freiheitskämpfers Hofer kennt, ahnt, dass die zunächst so heil aussehende Welt noch tiefe Risse bekommen wird …

Prolog (Auszug)

Der Held des Tages blickte mir ins Gesicht und lächelte mich an: „Hö Madele, mit die schian Augen, wia hoaßt du eppe?"

Der Boden unter meinen Füßen schwankte, es rauschte in meinen Ohren. Mein Gott, ich bringe kein Wort heraus, dachte ich verzweifelt und hörte mich im nächsten Moment zu meinem Erstaunen sagen: „Anna, ich heiße Anna!"

Wir Kinder der 1950-er Jahre

Autobiografische Erzählungen, 2018

'Was sind schon 60 Jahre?'
Das hat sich die Autorin Liselotte Paulmichl gefragt, wenn sie ihren Schülern Episoden aus ihrer Kindheit erzählt und dafür ungläubige Blicke geerntet hat ...